A

Si compres aquest llibre hauràs col·laborat amb el donatiu que l'autor ha fet al **Casal Jaume I – Grup Arrels** de Carcaixent per ajudar amb les seues despeses de funcionament i infraestructura.

© David Oliver Borràs
ISBN: 978-84-616-8201-0
DL: V-621-2014
Obra registrada en Safe Creative
Correcció lingüística: Francesca Pons
Disseny de portada: Xavier Pepiol
Maquetació i disseny interior: Santi Cervera

safeCreative
1401189851091
INFO ABOUT RIGHTS

CREMALLERA

DAVID OLIVER BORRÀS

Brunello: *m.* **1.** (de Montalcino) Vi negre italià produït amb raïm Sangiovese, a prop de la localitat de Montalcino a la Toscana, on la poca humetat i les altes temperatures fan que el raïm maure molt abans del que és habitual. Convertit des de fa 31 anys en la primera Denominació d'Orige Controlada i Garantida, és hui en dia un dels vins més singulars i cars d'Itàlia. *m.* **2.** Malnom d'un dels personatges amb els cabells bruns i fins que amaga darrere l'elegància i l'educació la seua vertadera personalitat (accepció de l'autor).

[...]
Parle del vi dels pobres,
begut solemnement, l'aliment de la còlera,
el vi o sosteniment de l'afany o la ràbia.
El vi de l'esperança, el vi dels sacrificis,
l'esperança rompuda, plantar cara a la vida.

El vi. VICENT ANDRÉS ESTELLÉS

Pròleg

Ivan va aguaitar el cap pel despatx:

—Hola, Alícia, què vols?

—Passa, i tanca la porta que açò és confidencial.

Ivan va obeir, va veure la cadira «de sempre» a un racó i Alícia asseguda en una cadira de les que usen els clients, de menys categoria, diríem: sense la facilitat de regular l'altura, ni reposabraços... Es va a acostar a la pantalla per darrere d'ella, tenia oberta una pàgina d'aquelles de carrers i mapes al costat d'una altra d'informes empresarials, Alícia estava contenta.

—Què passa?

—Estava amb les possibles empreses, mirant altres comarques i mira el que he trobat a Ontinyent.

Ivan, plantat darrere Alícia li mirava l'escot, més generós que ahir i ben ple, com sempre.

—Ja veig —va dir Ivan mentre li agafava el ratolí que encara sostenia ella, les mans es van fregar. Ella la va retirar lentament, mentre el mirava a ell i no a la pantalla. —És Marc?

—Sí. Espera, assegut treballaràs millor.

Alícia li va cedir el lloc a la cadira, ella va asseure's damunt la taula, la faldilla li va pujar més del compte. Ivan va veure el final més obscur de les mitges, on fa el reforç, ja l'últim bastió abans de la carn. Es volia concentrar en l'ordinador però li parlava a ella.

–T'has canviat el perfum...

–Sí, i he fet un altre canvi...

Ja l'ordinador li tenia igual.

–Quin?

–No porte calces. Despassa't –va manar.

Ivan no estava acostumat que Alícia li manara la feina, però li va agradar el to. Es va descordar ràpidament el cinturó negre. Mentre s'abaixava els pantalons i els calçotets en el mateix gest, Alícia baixà de la taula fent un botet. El va espentar suaument i la cadira de rodes va regolar cap enrere, es va pujar la faldilla i s'hi va asseure damunt.

–Ara que segur que tot anirà bé, ho hauríem de celebrar –li va dir Alícia mentre s'acoblava i notava la llengua humida d'ell al coll.

Cap dels dos no va veure com la imperceptible llumeneta roja de la càmera web integrada a la pantalla s'apagava. A l'altre extrem de l'oficina, a fora del despatx d'Alícia, Verònica havia anotat l'adreça d'Ontinyent que Alícia havia trobat.

1

Verònica tornava a casa després del dinar d'empresa fet amb motiu de les festes de Nadal. Havia estat un dinar distès, agradable i fregant les insinuacions inoportunes. Inoportunes perquè no hi havia ningú allà que li fera el pes, no per altra cosa. Quan va entrar a casa encara estava sota els efectes del flirteig d'uns quants dels companys, les insinuacions gens vetllades de companyes, inclosa Alícia, i notava com un cuquet menejant-se per dins d'ella, demanant guerra. El seu home era a casa. Això, *a priori*, era un punt a favor.

Quan va entrar es va dirigir a l'habitació-despatx que tenien habilitada. Era com les cuines *office* que compartien espai amb el menjador però canviat per despatx i dormitori. Així podien treballar i quan es cansaven podien descansar sense haver d'anar gaire lluny. L'home estava cara a la pantalla de l'ordinador, es va girar sense treure una de les mans del teclat i la va saludar. Ella va asseure's al llit i es va llevar les sabates amb talons impossibles pensades per impressionar la companyia que acabava de deixar.

–Em fan mal els peus. Fes-me una frega –li va demanar mentre replegava una de les cames damunt del llit i l'espessa mitja negra feia pujar la bateta de Desigual comprada per a l'ocasió.

–Una frega? Estic acabant açò...

–Després de la frega podem fer més coses...

–Si, ja m'ho pense. Quan tornes d'un dinaret d'eixos sempre véns amb ganes de guerra, però ara no puc. He d'acabar açò –va dir ell mentre assenyalava l'ordinador.

–Hui dissabte? No pares mai, tu? –Verònica va baixar la cama del llit, tenia les mans obertes damunt el matalàs. El despagament l'envaïa.

–La feina és la feina... Mira, després, a la nit, ho farem com mai ho hem fet. T'ho promet, seré teu.

–Be! –va dir Verònica secament.

Es va alçar, ja enfadada, es va treure la bateta pel cap i va anar cap al bany. Allà es va acabar de treure la roba que li quedava i es va fer una dutxa ràpida. Va eixir. Sense dir-li res més al seu home es va començar a vestir: texans blaus, jersei roig de punt ajustat, botes altes negres, planes, ja havia tingut prou talons.

–Me'n vaig a l'oficina –li va espetar mentre el besava per darrere.

–A l'oficina, ara? Així?

—Ai, la feina és la feina. Si tu treballes jo vaig a veure si avance alguna cosa. Fins a la nit.

I se'n va anar.

Camí del garatge on guardaven el cotxe va fer una cridada al seu amic infal·lible:

—Hola, tinc ganes de veure't. Vaig a l'oficina, a fer com si treballara. Si véns fem una festa.

A l'oficina es va follar l'amic, després li va contar el que havia passat amb el seu home. Ell se l'escoltava indolent.

—I què faràs? —li va dir per seguir-li la conversa.

—Doncs mira, hui dinant una companya m'ha donat una idea, he parat a una tenda abans de vindre a l'oficina i m'he comprat açò.

Verònica li va treure de la bossa un dildo, negre, més bé gran, amb un cinturó, un arnés, incorporat.

—I ara a la nit li ho faré com mai li ho han fet.

11

Marc venia de fer la seua quarta piscina. Encara no li tocava parar a respirar. Precisament pensava que quan va començar a nedar a Alzira, necessitava parar cada sèrie de quatre; ara parava cada deu però sols per poder comptar millor les 60 piscines que ja es feia fàcilment. Va ser en arribar al cap del carril quan la va veure. Una xicona que li recordava un caràcter que havia deixat enrere feia molt de temps, molt lluny... a casa.

Una figura perfecta, un cul també perfecte. Estava plantada a dalt del xicotet trampolí que hi havia al cap de la piscina, dos carrils més enllà. La seua figura, dins el banyador negre, amb les lletres «*Enjoy*» en blanc, es retallava contra el finestral: el ventre llis, la corba dels pits i... els mugrons plantadets, insolents, assenyalant l'horitzó, i el va mirar. Ell, descarat, s'havia llevat les ulleres i havia parat a descansar, sense necessitat. La xicona va alçar els braços, el pit li va pujar. La calentor a Marc, també. Ella es va inclinar i es va llençar a l'aigua. Va començar a nedar.

Marc es va tornar a posar les ulleres i va continuar nedant, i pensant. No podia ser Alícia, s'havia quedat allà i Ontinyent quedava molt lluny de casa. Si ho sabria ell que li costava anar cada dia a la feina. Era el caràcter d'Alícia però no era ella, n'estava segur. Tan segur com s'hi pot estar a una piscina. Ja sabeu, allà els caràcters es difuminen a sota de les gorres de nedar i et quedes mirant fixament una persona que penses que saps qui és i ella et mira i no et diu res. Després de la dutxa i fent un poc de temps, si acabes abans, o anant de pressa de pressa, si acabes després, te la pots trobar ja vestida i aleshores confirmes el que has intuït a la piscina.

«*Enjoy*» era l'eslògan de Coca-Cola però també part del títol d'una cançó de Depeche Mode. Li va vindre la lletra al cap, a trossos, recordava les cançons segons li convenia...

All I ever wanted
All I ever needed
Is here in my arms
Words are very unnecessary
They can only do harm

Era cert, feia temps que havia fet la tria –ajudat, és clar–, però s'havia quedat conformat amb el que

tenia a casa... Havia promès no ser –com dir-ho en termes professionals?– «proactiu», era la paraula. No buscaria més. Com seguia la cançó?

Vows are spoken
To be broken
Feelings are intense
Words are trivial
Pleasures remain
So does the pain
Words are meaningless
And forgettable

Clar, no podia ser d'una altra forma: una cosa eren les promeses, les paraules i una altra, els sentiments... Al cap i a la fi quin mal li feia ell a Marta sols de mirar la sirena eixa allà dalt, quan estava a punt de tirar-se a l'aigua? Sols mirava... No pensava canviar-se de carril, ni empomar-la, ni dir-li res, ni saludar-la, ni preguntar-li... Sols mirar. Mirar no fa mal. No de fer...

Què més deia la cançó? Ja res més, era eixa tornada una volta i una altra... Al final, hi havia un colp d'efecte, com els que li agradaven a Marc, uns segons de silenci, parava la música, la lletra... I venia l'últim vers, la música de hui és la poesia dels indolents:

Enjoy the silence

17

Nedava en silenci. Pensava en ella, quina era la postura més eròtica en la piscina? Els dos al mateix carril, ella nedant davant, d'esquena; ell darrere, seguint-la, nedant a braça. A cada impuls s'apropararia a ella, que faria com que el rebia amb les cames obertes. Ell moderaria la seua velocitat, s'apropararia però no l'assoliria; ella li tancaria les cames; ell faria un nou impuls...

No es va adonar que la xicona havia eixit i, quan es va seure a la barana de la piscina buscant-la, no la va trobar. Se'n va anar al laberint de vestidors, vàters i dutxes que hi ha allà, a Ontinyent, es va dutxar, es va endreçar i va eixir al corredor comú. Tenia l'esperança de trobar-la. No hi era. Va continuar fins al mostrador-recepció de la piscina. Allà va sentir uns talonets, davant, baixant ja les escales. Va baixar per la rampa del costat, més de pressa, per arribar a baix al mateix temps que l'ama del taloneig. Tenia un pressentiment. En arribar al replanell del carrer quasi es queda sense respiració: era la xicona de l'*Enjoy*, Marc no sabia què fer, sense el casquet de silicona es veia la seua cabellera rogeta, el monyo llis, una cabellera poca cosa. Rebuscava neguitosa a la bossa. Tenia una cigarreta a la boca. Va alçar la vista. El va mirar.

–Hola –Marc es va decidir.

–Tens foc? –va ser la resposta de la sirena.

–Ací no, però al cotxe tinc un encenedor –va mentir Marc.

–Has aparcat lluny?

–No, en girar l'edifici.

Anaven caminant l'un al costat de l'altre. Ella, amb la cigarreta a la mà; Marc, entotsolat en els seus pensaments... Ella se'l mirava i somreia. Ell va intuir el somriure i va girar la cara. Ella li va sostindre la mirada.

–Què passa? De què et rius? –li va dir Marc.

–De tu. Estàs pensant què dir-me? Em fa gràcia que estigues ahí, sense dir res.

–Pensava en unes amigues.

–Unes? Tu no saps tractar molt bé les dones, eh? No és apropiat estar amb una dona i parlar-li d'una altra, i tu em vols parlar d'unes quantes?

La xicona continuava somrient. Marc també, li va fer gràcia l'ocurrència. Arribaven al cotxe, ell no tenia l'encenedor que havien anat a buscar. Va decidir acurtar el festeig.

–Supose que ja saps que no tinc cap encenedor al cotxe i que jo sé que no tens cap necessitat del meu encenedor.

La xicona es va traure un encenedor de la bossa i va calar foc a la cigarreta.

–Però em faràs un passeig, no?

–És clar, per això estem ací.

Pujaren els dos al cotxe. Marc el va engegar i la ràdio-cd es va connectar automàticament. No era correcte, encara recordava les instruccions d'aquell electricista de cotxes tan entranyable: «connecta primer el motor, després els aparells elèctrics». Ell no ho feia mai, sempre deixava la música en marxa i desconnectava el motor. Així, quan connectava el motor de nou, sonava immediatament la música que havia deixat en el moment de baixar del cotxe. En un cas d'emergència com aquest la seua inesperada acompanyant tindria una impressió d'ell en funció de la música que escoltara. Cap problema, era un aprenent dels colps d'efecte, però prou bo. Va sonar Drexler, Club Tonight, en català. Perfecte. Li donava joc per explicar-li mil coses de la cultura, del català, de Drexler... Com aquell dia amb Irene al pis del seu amic.

Vull anar a fer-te una visita
El mar i el cel per fi
Potser lluny d'aquí
Trobaré els amors perduts
que han inspirat tantes cançons genials.

–Al final el mateix Drexler t'ha donat la raó.

La xicona volia fer patent la seua presència. Marc semblava abstret en la ràdio.

—Com? Què vols dir?

A Marc li va sorprendre la frase. De nou un *déjà vu* però amb mala llet.

—Que Drexler ja canta en català. No tot serà sempre «*Al otro lado del rio*». Para, xe! Que hi ha un estop!

Marc va frenar el cotxe en sec. No es va calar perquè el seu cotxe no es calava mai, misteris del motor híbrid. Però els dos se n'anaren contra el vidre. No hi arribaren. Els cinturons de seguretat tensionaren, també, la parella.

—Et puc preguntar una cosa? –li va dir Marc. No es podia aguantar més.

—És la meua cap –va contestar la rogeta.

—Què?

—Alícia és la meua cap.

Marc no va contestar.

—Et conte? –Li va dir ella amb un somriure–. Va, comencem de nou: Sóc Verònica, treballe per a Alícia, de la Caixa del Mar.

—No m'ho puc creure! –Marc va optar per dir una obvietat.

—Anem a dinar? –Verònica dominava.

—Anem –va dir ell.

I se la va endur a un lloc bonic i car que coneixia de Bocairent.

–Saps? –va començar Verònica–. Alícia conta coses de tu... coses atrevides.

–Atrevides? No pot ser. Jo a Alícia la vaig respectar –«Més bé em va fer fora amb un pal», va pensar Marc.

–Sí, atrevides. Em va contar que un dia, al sofà aquell, li contares històries...

–Serien de veres.

–En tens més? –Verònica, delerosa, li demanava una història.

–Això són coses íntimes... No es poden contar així.

–No es pot perquè no vols... –Verònica el va interrompre.

–Anava a dir que no es poden contar i quedar-te igual. Si vols córrer el risc jo encenc el misto, després tu hauràs d'apagar el foc.

–Anem-hi, valent.

Una altra atrevida, va pensar Marc. Li va contar quan Carmesina es va acomiadar d'ell. Quan se'n va a Itàlia, amb una beca Erasmus, ho miraren tot primer al seu despatx: targetes de crèdit, assegurances de viatge, saldos en compte... I després se n'anaren a l'hort a mirar més:

Era ja tard, de nit, la bassa havia estat temptant-nos tota la vesprada. Havíem nedat, clar, però els dos buscàvem

ara una altra classe de bany. Al final ella estava assegu-
da a la barana, jo nedava a la bassa, ella menejava els
peuets a l'aigua, em mirava els ulls, l'aigua me'ls feia
més blaus. «Segur que ell ni ho sap», pensava, «si no
veu els colors, pobret meu».

– Rubio, vine cap ací. Que no tenim temps per a res.

– Al contrari, xiqueta, tenim tota la nit per davant.

– No, que jo me'n vaig.

Jo ja estava a la seua altura. Ella havia tancat les ca-
mes, reprimint el desig. «Que s'ho guanye, no sóc una
xica fàcil», pensava. Jo tenia les mans al seu cul, amb les
cames tancades quedava un poc lluny. Volia besar-la,
ella baixava el cabet, no arribaven.

–Obri –vaig dir.

–Què vols? –Carmesina va separar les cames.

–Fer un sudoku! A tu què et sembla?

I em vaig posar entre les seues cames. M'hi vaig
acostar tot el que vaig poder. El meu sexe dur va
topar contra la paret de la bassa. Ens besarem. Ella
tenia el meu cap entre les mans, me'l va separar. Me'l
va dur als pits, mentre s'arquejava cap enrere, fent-
los més prominents. Els mugronets durs es veien
clarament que foradarien el minúscul biquini. Jo
seguia la costura, besant-la amb suavitat; ella volia
un poquet de brusquedat, però el to just, el to que
a mi em costa tant de trobar. O no arribava o me'n
passava.

Va inspirar, el pit li se va unflar, aguantà la respira-
ció. Vaig deixar de besar-li el biquini. Vaig alçar el cap.

Ella em mirava des de dalt. Els ulls de Carmesina se'm clavaren a les pupil·les, soltava l'aire pel nas poc a poc. Li vaig fer un mos a un mugró amb els llavis, sense estrènyer. Ella va deixar anar un gemec. Va pujar les mans de la nuca a la coroneta, em va espentar cap al melic. Jo, obedient, vaig traure la llengua quan arribava al melic. Carmesina va parar d'espentar. Inspirà. Li vaig voler mossegar el melic. No es pot, el melic va cap a dins. Amb els llavis li abraçava el foradet del melic. Vaig seguir espentant.

Va obrir més les cames, exageradament. Va inspirar fortament de nou. No vaig anar al sexe d'ella. M'ho prendria amb temps. Li vaig besar les cuixes, la galta de les cuixes. Es va fer un poc enrere. Vaig començar pel genoll, cap endins, cap al paradís. Carmesina em mirava divertida des de la barana. Jo, besant-la i llepant-li les cames. Em sostenia el cap ara per les orelles. M'arrimava i quan li tocava una llepadeta a la costura del biquini vaig canviar de cama i vaig recomençar. Ella tenia pessigolles, em deixava fer. Ja pensava com llevar-se el biquini, o com li'l llevaria jo. Tot amb llepadetes i algun mosset. Vaig arribar a la tela. No li quedaven més cames. Vaig posar el nas, pressionant lleument. Ella reia, pressionava la pelvis contra el nas, tenia més pessigolles. Es va fer una culadeta més endavant. Vaig aprofitar i vaig separar el biquini, deixant els pelets a la vista. Em vaig llençar, vaig fregar els llavis amb els pelets d'ella. Els llavis d'ella amb la meua llengua. Carmesina va fer un botet. «Tranquil, rubio. Tranquil. A espaiet.» Em vaig

humitejar els llavis amb saliva, vaig passejar la boca pel seu badallet. Li mostrava les dents, la cara interna dels llavis, carnosos. Ella volia obrir més les cames, avançava la pelvis. Jo ensopegava amb la tela. Una mà meua va desfer un llaç; una mà d'ella, l'altre. El triangle blanc i negre va caure sobre la barana de la bassa. Em vaig instal·lar més còmodament entre les seues cames. Vaig traure la llengua. Ella ja estava humida. Els llavis estaven carnosos, els vaig fer una llepadeta. El cul d'ella s'avançà un poc més, la barana ja es quedava curta. Carmesina em va passar les cames pels muscles, obrint-se i alçant-se al mateix temps. La llengua entrava i eixia amb rapidesa. Li xuplava el clavillet, per la part de dalt. Buscava el cigronet d'ella. Era allà. M'hi vaig passejar amb la llengua, per situar-lo i li vaig fer un colpet amb la llengua, suau, ràpid, un altre, un altre, més ràpid, més. La llengua entrava i eixia per la part de dalt del seu cony. Carmesina tremolava, les cames no l'hagueren sostingut. Ja ni pensava en aguantar la respiració, ja no em calien instruccions. Estava com desllenguat. Li faltava l'aire, els gemecs anaven eixint. Li vaig posar la boca a dins la figa, tot el que vaig poder. Provava de mossegar-li el botonet, com amb el melic. El vaig xuplar i el vaig soltar. Vaig insistir, més encara, més. Ella volia que la follara amb la llengua, que no parara, que tinguera una llengua més gran. Cabró, més cap endins. No pares! Ella m'envestia. Jo la llepava i aguantava els embats. Sabia que ella en volia més. Li vaig posar un dit. Ella no baixava el ritme. Li'n vaig posar un altre.

Quan el va notar a dins es va sobtar. Anava tot a una, els ditets, fregant el clavill; la llengua, llepant per dins.

Els dits li havien obligat a desplaçar la boca cap a baix. La llengua fregava ara la part de baix de la figa. Vaig traure els dits, els meus llavis van ocupar el seu lloc. La llengua per baix, el morret per dalt, tot el que podia a dins d'ella. La llengua entrava i eixia. Ella tremolava, es sacsejava. Vaig fer anar la llengua molt ràpid, ja sense miraments. A ella igual li tenia. Ja ho volia tot: volum, velocitat... Sacsejades de plaer ens espentaven. La barana es va quedar menuda. Caiguérem els dos a l'aigua. Em vaig incorporar. Ella em va passar les cames per la cintura. Em va besar a la boca. Volia reconèixer el sabor del plaer del qual acabava de gaudir. Em va passejar la llengua per dins la boca, sense esperar que la corresponguera. Estava feliç.

–Bé, xic, no sé què creure i què creure que és la teua imaginació –va concloure Verònica, a la defensiva.

Verònica estava un poc superada per la història de Marc. Voler parlar amb naturalitat de sexe amb un home del qual havia sentit tantes històries, amb qui no l'unia, encara, cap compromís i estant a soles amb ell, relativament lluny de casa, li feia pujar un desig cada vegada més gran d'anar més enllà.

–Tu pots creure la part de la història que t'interesse. Ets tu qui has preguntat –Marc ja se sentia dominador en el terreny.

Verònica va decidir donar per acabada la situació. Es va llevar del cap escenes que imaginava. Va pensar en un recurs psicològic.

–He somniat amb tu –li va dir.

–Oh! És afalagador. I quin era el somni?

–Veuràs, és un somni recurrent. No és la primera vegada que el tinc i mai el recorde sencer.

–Conta-me'l.

Verònica li'l va contar:

Entre a un bar, amb vestit negre.

Tu, com cada dia em mires.

Sóc de bon veure. A tu t'agrada sentir-me riure.

Llavors et fixes en la meva esquena.

Duc el vestit mal cordat. La tira de la bossa contribueix, a cada moviment, a abaixar-me lentament la cremallera. Cada segon mostra un tros més de pell, i jo ni me n'adone... Seguisc movent-me i parlant amb el cambrer aliena al petit *striptease* que oferisc.

L'obertura ha arribat ja a uns límits insostenibles i per la porta entren dos nois. Tu, que has gaudit de l'espectacle –malgrat tot ets un cavaller i no pots permetre que el descuit quede tan evident– t'aixeques, t'acostes a mi i em dius: «Dispensi senyoreta, em permet ajudar-la?». Jo, que ja he notat quelcom que no va bé, en sentir la calidesa de la teva veu, em deixe fer. Delicadament em poses la ma a la cintura i, poc a poc, puges la cremallera i tanques dins del vestit el desig que et desperte. Retires tan lentament com pots les mans sense ser irrespectuós.

Et done les gràcies, et faig un somriure, pague i marxe.

Marc escoltava en silenci, ja comptava amb un final abrupte, com tenen tots els somnis. Li diu:

—I tu, què penses del somni?

—Jo? —Verònica encara semblava recordar el somni—. Doncs, està clar, que tinc un problema i tu m'has d'ajudar.

—Ah! Bé. La millor part de la interpretació dels somnis és que es fa una anàlisi de l'inconscient però amb la part conscient de la persona. Al teu somni hi ha molts elements de què parlar. Si tu destaques això que tens un problema i jo t'he d'ajudar vol dir que... —Marc no va acabar la frase.

—Que hem de parlar d'Alícia —va dir Verònica.

Marc va reconèixer una fugida cap endavant, un món ple de possibilitats se li obria amb Verònica, encara que no hui, pel que intuïa.

—Mira —Verònica va passar la mà per la roba—, Alícia no desembarcarà de nou sense més en la teua vida. Ve carregada d'intencions, de males intencions. Jo fa poc que treballe amb ella però he vist coses rares. Massa confiances, per una banda, t'ha buscat com no t'ho pots pensar; i massa secrets, per una

altra. Hi ha moltes coses que una gerent, com em diu a mi que sóc, hauria de saber i no em conta.

–Continua... No veig res clar, encara. De qui parles?

–Nosaltres som *Crew investments*, una empresa que busca inversors, gent amb pasta per fer-los guanyar més diners.

–Com jo –va dir Marc en un rampell de dignitat.

–No, deu vegades més grans que tu. El que passa és que tu tens un mercat potencial molt gran ací, moltes empreses.

–Ui, sí. Ontinyent i la comarca està plena d'empreses... en fallida.

–Precisament. Això és el que no entenc. Què fem ací? Primer van triar la zona i quan Alícia va saber que tu estaves ací es va precipitar tot. Havíem de vindre però els estudis preliminars, en els casos més ràpids, no tarden menys de sis mesos, i dilluns ja estem ací!

–I Alícia està ahí?

–Alícia és la cap. És qui pren les decisions ací i qui ha decidit vindre a buscar-te.

–Bé, em feren una oferta i no he rebutjat parlar-ne. Tinc clients empresaris amb dificultats a qui vindria bé una injecció de pasta. Els bancs no estan tan dispostos. En certa manera és lògic.

–Mira, jo no et conec. A Alícia la conec de fa poc, però tot això no va amb mi. Jo no m'ho puc deixar però n'hem de parlar més. I en tindrem ocasió, saps que dilluns comencem a negociar? De part de *Crew* vindré jo. Amb qui hauré de parlar?

–Amb mi, *of course*. Ara no et deixaré escapar.

–D'acord, aleshores dilluns comencem a parlar de negocis. Vull que m'ajudes a esbrinar què és tot açò. Si Alícia et busca abans, que et buscarà, no li contes que ens hem vist.

III

Dissabte de bon matí mentre la família dormia, Marc s'ensenyorava del portàtil i començava a bussejar per Internet, «picar i volar» en desenes de pàgines fins que tota la seua tropa es despertara i demanara la seua parcel·la d'atenció... En això el mòbil va fer una llum roja. Marc el va mirar encuriosit, una llum d'avís sense cap to de senyal ni cap vibració estava reservat a entrades mig clandestines, i ell feia temps que no rebia aquest tipus d'avisos. «Bon dia, matiner. Crida'm».

Marc es mirava l'aparell endimoniat, un missatge curt i imperatiu d'Alícia. Verònica tenia raó, Alícia no pensava desembarcar de nou en la vida de Marc sense més. Havia d'assegurar-se la posició dominant i Marc va pensar que li ho havia de posar difícil. No li resultaria tan fàcil com abans fer-li perdre el control amb promeses de sexe. Va eixir de casa, va tancar sense fer soroll, es va encaminar al quiosc a fer com si comprara la premsa i va marcar el número d'Alícia, obedient.

–Hola, Marc, quant de temps.

–Hola, Alícia... Tu per ací?

–Sí, tenia ganes de parlar amb tu...

–I això? Ara? –Marc pensava que marcar distàncies el faria sembla dur i insensible.

–Ai... ara. Ara que...

–Ara que què?

–Vols que vaja a veure't? –li va dir Alícia de sobte.

–A veure'm? Ara?

–No, ara no, dilluns. Ara me'n vaig a la dutxa.

La imatge d'Alícia a la dutxa va omplir el cervell de Marc. La cosa es va disparar: Aniria encara en pijama? Estaria ja despullada? A les portes de la dutxa?

–Ah! Jo també –Marc va mentir.

–He d'anar dilluns a Ontinyent, a casa teua. *Business* –una tornada a la realitat i Marc es desconcertava. Això no fallava, això no canviava.

Marc va canviar la imatge d'Alícia a la dutxa per una Alícia vestida amb talons i falda de tub a la feina, aquell maleït ascensor que obria directament al hall de l'oficina, sempre carregat de males històries. Marc ja no gaudia treballant, però ara imaginant Alícia eixir d'eixe ascensor i encarar-s'hi...

–Estàs ahí? –Alícia va demanar atenció.

Marc va pagar el diari que havia agafat sense soltar el telèfon i va eixir del quiosc, camí cap a casa.

–Sí, clar. Ací estic. *Business*?

–Sí, la meua empresa vol la teua. Bé, una com la teua i jo vaig dir... que siga la de Marc.

–Ah! *Crow investments* sou vosaltres?

–*Crew*, no *Crow* –va matissar Alícia ignorant la indirecta.

–Sí, bé, ens entenem... Aleshores véns dilluns?

–Bé, la setmana que ve. Dilluns t'enviaré una companya, t'agradarà. És pèl-roja, amb pigues, cabellera... com t'agraden a tu.

Marc recordava Verònica menejant-se inquieta a la cadira del restaurant el divendres, però va haver de callar. Va arribar a la porta de casa seua, es va detindre.

–Bé, envia'm a qui vulgues –va fingir indiferència–. Tinc ganes de veure't.

–Jo també. Me'n recorde de tu. És més, ara en un moment, quan m'ensabone, me'n recordaré més encara. Un beset.

–*Ciao* –va dir també Marc. Típic d'ella: soltar una insinuació, una provocació, i tancar la conversa, va pensar.

Marc va penjar el telèfon. No es podia creure tot el que havia passat. Malgrat la indiferència que havia mostrat estava excitat, com sempre que intuïa Alícia a prop. Entrà a casa i se n'anà al bany, dispost a fer-se una dutxa.

Alícia acabava de penjar el telèfon després de parlar amb Marc. El cas és que cinc minuts per telèfon, amb el seu interlocutor xiuxiuejant a cau d'orella l'havien posat humideta, i va decidir que no era mala idea la dutxa que segurament Marc havia imaginat i entrà a la dutxa.

Primer que res, Marc es va rentar les dents. No sabia ben bé per què. Potser per fer més creïble la seua fantasia. Si anava a pensar que la tenia amb ell, què menys que fer-li un bes amb les millors condicions. Va continuar amb la seua fantasia. Què l'hauria portat a la dutxa en lloc de fer un atac en tota regla com li demanava el cos? Ella:

–Va, ximplet. Fes-te una dutxa ràpida que t'espere...

Obrí l'aixeta de l'aigua calenta abans de despullar-se. Així quan va entrar a la dutxa l'aigua ja estava calenta. Un mant tebi el va cobrir dels muscles als peus. Va evitar banyar-se els cabells. A l'endemà se n'anava a nedar i en acabar es dutxaria i es llavaria el monyo allà, per eliminar les restes de clor. Va mirar el xampú *blondo luminoso* que tenia allà. Havia de recordar agafar-lo l'endemà. Estirant la mà va agafar una botella de gel nova: «*Energizante*» deia l'etiqueta. No li feia falta més energia. Hi havia perill d'eixir-se'n de com l'havia posat

Alícia feia un moment, però la va agafar. Un líquid transparent li va omplir la mà esquerra. Va deixar la botella a prop i va fregar les palmes de les mans: una espuma blanca en va brollar.

Alícia tenia un nou sabó. Era una espuma que feia olor de taronja. «*Energizante*» deia l'etiqueta. Ja tenia ella prou energia, va pensar.

Marc es va dur les mans plenes de bromera blanca al membre. Es va fregar els ous amb les dues mans. Després amb la mà dreta es va repassar tota la tita amunt i avall. Amb la mà esquerra es va repassar el baix ventre, llis també, de tanta piscina que havia fet aquell any. Encara quedava un poc de molleta, va pensar en palpar-se, però millor, així ella podria pegar-li un mosset a un trosset tendre si li venia de gust.

Alícia va obrir l'aixeta mentre pensava que feia temps que no l'aprofitaven ella i el seu home. Quan estaven fent la casa, dissenyant els banys, aquella dutxa va ser un dels llocs més desitjats, prou gran per poder entrar els dos, amb el vidre que deixara passar la llum i podera oferir la silueta del que es dutxava en eixe moment... Es va rentar tot el cos, prenent cura de no banyar els cabells, després necessitava més de mitja hora per a eixugar-los i com que estaven nets, no li calia. Va posar espuma a la mà i comença a fregar-se.

Marc estava trempat del tot. No es llevava del cap tot el que podria haver fet amb Alícia si l'haguera tingut al costat, sense el seu home a prop ni la seva dona dormint al llit. Ai, quanta gent sobrava... Es va tornar a agafar el piu, se'l passejava de nou, imaginant-se postures amb Alícia, totes seguides, totes simultànies, al cap. La preferida darrerament, si més no aquell dia, era ella a baix, ell a dalt, veient com ella el mirava somrient-se amb els ulls, uns ulls que feien joc amb els seus. Va parar de tocar-se el sexe.

Era d'aquells dies que les hormones li omplien els pits deixant-los durs i farcits, i acariciar-los era tot un plaer. Alícia s'hi va passejar bona estona, fent cercles, estrenyent-los, pujant-los i deixant que la gravetat fera força sobre ells.

Ell es va posar més gel, va fregar, va aconseguir més bromera, es va començar a ensabonar la resta del cos, deixant la verga sola. Tota tibada que estava a cada moviment seu fregant-se els braços, el pit, l'esquena... Es movia sense control. Va rebotar contra els taulellets de la dutxa, posant-se més dura, reclamant la mà experta de l'amo.

A la dutxa d'Alícia l'espuma feia una arometa de taronja que li despertava els sentits... Va baixar per la panxeta, suau, llisa, sense fi i de seguida va topar

amb els pèls, grossos, forts i rebels, que amagaven alguna cosa... Necessitava més espuma, tornà a posar la mà on ho havia deixat. Els dits relliscaven massa fàcilment. Entraven i sortien del cau humit, xop i càlid, que era en eixe moment la seua figa. Va obrir l'aixeta de nou. No volia malgastar aigua, però necessitava sentir les gotetes esvarant-se pel seu cos, i banyar-se els cabells. Arribat a aquest punt tant li feia haver-se d'eixugar i d'endreçar-se els cabells.

Gel, fregada, espuma, Marc se la va agafar de nou. La va començar a moure amb suavitat, però, de sobte, com si tinguera vida pròpia es va apoderar del seu cervell. Li va canviar la imatge que tenia d'ella per una postura infal·lible: ella a dalt, mirant-lo, dominant; els seus llavis grossos omplint-li la cara amb un somriure; els pits ferms, assenyalant-lo; i amb la cintura fent moviments rítmics, introduint la seua figa en el seu piu, a l'inrevés del món. Marc volia baixar el ritme del seu massatge, notava com li venia el rampell. O parava o s'acabava la festa. Però no podia parar! Si parava de colp, com altres vegades, obrint la palma de la mà alliberaria la pressió de les venes que marcaven el seu sexe i un esguit de plaer es faria present. Calia sang freda, que no en tenia gaire.

Alícia es tornà a posar espuma a la mà, i passejà per la part externa del cau, suau, fent cercles... Tancà els ulls. Es recolzà al vidre gelat, que les cames ja no li oferien cap seguretat al terra banyat de la dutxa. S'agafà el pit esquerre i va acostar el mugró dur a la llengua, li va fer llepadetes. I mentre el dit cor de la mà dreta entrava i sortia el polze fregava el cigronet...

Marc va fer una última baixada de la mà. Va sostindre el membre amb el dit índex i polze, paralitzant el flux sanguini. Era una *palla interruptus*. Veia com se li encabritava la cosa, xicotets sacsejos. Maldava per eixir. Ell no ho va consentir. Tot es va tranquil·litzar.

Gelfregadaespuma. El cervell se li va apagar, com si les mil neurones racionals s'hagueren adormit. La mà dreta directa a la titola, sacsades fortes. La caboteta treia el cap per la mà plena de bromera blanca, com si buscara aire per respirar. Maleïa la interrupció que acabava de fer i al mateix temps sabia que era la que li havia donat l'oportunitat de gaudir del seu record una volta més. Va recórrer a totes les ganes que li tenia, totes les seues fantasies a foc seguit. No tenia intenció de tornar a parar-se el plaer. Li feia mal. Volia gaudir-ne. La cridada, la veueta d'ella, les animalades que imagi-

nava, «anit et buscava a tu en ell, buscava la nostra complicitat, et buscava i no et vaig trobar». Ja no es va poder parar la cosa. L'aigua havia esborrat tot rastre d'espuma. Les cames li feien mal de la força que havia de fer per concentrar tota la força en l'abdomen. Va fregar més fort, estrenyent més, pensant en si li cridaria, si la insultaria, i aleshores es va alliberar. Tot es va fer tèrbol. Se li van entelar els ulls. El plaer va omplir el seu cos. Eixia amb sacsejades de plaer mentre pensava si mai li tornaria a sentir dir allò que li havia agradat tant.

Marc va eixir de la dutxa com derrotat per haver-se deixat dur per una cridada d'ella i el cap pensant que ell en definitiva no s'hauria dutxat, o si ho hagués fet no ho hauria fet com ell. Va seure de nou davant l'ordinador. Va triar una cançó de l'àlbum d'Adele: «*Set fire to the rain*» . Va dubtar si eixa o «*Start me up*» dels Rolling. Millor la d'Adele, més melancòlica. Va recordar aquella mig novieta que va tindre de la Safor. Li va ensenyar a *stalkejar*, a mirar a dins d'Internet, però molt a dins: buscant coses –rares, de vegades– de la gent. Era una habilitat que estava a l'abast de totes les persones però requeria temps i constància. Ella havia escrit al seu blog. Tenia un blog divertit de relacions entre les persones, sobretot entre homes i dones, una mena

de mini-manual: «Les dones no som (tan) compli-
cades», tenia de títol. La música continuava sonant
a l'ordinador:

But there's a side to you
that I never knew, never knew,
All the things you'd say,
they were never true, never true,
And the games you'd play,
you would always win, always win.

La seua mig novieta... Bé, no era ben bé una mig
novieta –no ho havia estat mai– era més bé un clau
pendent. Saps aquelles persones que t'agraden,
que t'agraden i... te les faries? Però, o mai arriba el
moment, o arriba i mai li dius res? Ell un dia li volia
dir, però...

Mentre pensava en ella va obrir el navegador
i el buscador, Google, era, és el més consultat i va
començar a buscar Alícia amb els seus cognoms,
Alícia amb un cognom. Mal fet. Això donava dese-
nes d'entrades i cap era bona. Els dos cognoms
d'Alícia sense «Alícia», com si anara a trobar la
germana... Va llegir per damunt, «en diagonal» en
deien ara, sense prestar massa interès. No sem-
blava que hi haguera res. Estava fora d'Internet,
Alícia? Marc va parar els motors. Es va detindre a

pensar. Què li diria aquella amiga seua que havia de fer? Bé, no era ben bé una amiga, era coneguda. Ell li tenia ganes però una vegada quasi li va dir de quedar per prendre un cafè i tanta sort que va llegir al blog que ella no volia quedar amb tios per prendre cafè. Volia quedar per follar-se'ls. I ell no sabia si estava preparat per a una dona tan decidida! Què li diria la xicota? Ah, sí! Que mirara els blogs... la gent escriu. Va començar a furgar per ahí: Wordpress, Blogger... No hi havia res. Nova parada. Això no quadrava. Era com eixes fitxes policials buides que es trobaven fent investigacions de lladres de coll blanc... gent que havia esborrat el seu rastre. Alícia s'havia esborrat d'Internet? Què li diria que fera la seua blogaire preferida? La xicota de la Safor penjava al seu blog coses ben interessants, d'homes, de dones i de sexe, de la vida mateixa. I ell la llegia... seguit seguit. Que havia d'anar a les xarxes socials: LinkedIn, res. Facebook, res. Instagram, res. Google+, res. Ja tenia la mosca darrere de l'orella. Alícia era una malalta d'Internet... Com podia ser que no hi fóra? Bé, podia haver passat una cosa. Havia estat a Internet i ara no. Per algun motiu ara no hi volia estar. Va fer arqueologia. Va buscar als inicis d'Internet: allà va eixir una breu referència de correspondència creuada. Un *nick* que feia amb una adreça de correu amb el domini «inicia», i «tiscali» operadores absorbides després per Canal+ o Voda-fone. I d'ahí al seu Myspace. Estava buit. No l'havia pogut esborrar però l'havia deixat sense contingut.

La seua xicota de Gandia –bé, no era ben bé la seua xicota, era més bé la seua fantasia– li diria què havia passat: algun succés inexplicable l'havia tret d'Internet. Alguna cosa en la vida real havia fet incompatible el que feia amb deixar rastre. I si el que fa és normal, això sols pot voler dir una cosa: n'està preparant una de bona i després pegarà a fugir!

Verònica tenia raó en la seua intuïció. Dilluns la tornaria a convidar a dinar.

IV

Divendres a les set i mitja del matí. Una setmana que començava a acabar. Divendres, el desitjat divendres, era, en aquesta ocasió, més desitjat si fos possible. Era el dia que Alícia havia decidit d'acudir, per fi, a l'empresa. «A tancar detalls», va dir ella. En realitat, a valoritzar-se, a fer-se veure i a deixar clar qui manava. Tota la setmana amb Vero havia anat «de cine» arribant a intimar a un nivell que a Marc li era fàcil d'aconseguir, com ja ho havia fet amb Alícia feia un temps, en un altre... ecosistema. Tota la comptabilitat de Marc estava clara. La veritat que ell no arribava a entendre com Verònica havia necessitat perllongar les dues darreres jornades de feina. Es feien les vuit i encara no en tenia prou. Sempre calia aprofundir, sempre una dada, perfectament intel·ligible, que no entenia, un dubte que plantejar, un quedar-se sols a l'oficina quan no quedava ningú més.

Estava clar que la feina era ingent: valorar –arribar a un acord per valorar– l'empresa de Marc, els clients actuals i els potencials ja sondejats per ell.

Les inversions que estaven dispostos a fer els seus clients; els diners que ja tenia Marc «en circulació»; més els que encara es guardaven i que, amb el nou projecte comandat per Alícia, segurament encara es multiplicarien; més els potencials clients ja visitats per Marc i que s'ho estaven pensant... gent que havia de ser revisitada amb Verònica, per concertar cites amb Alícia i explicar-los el nou projecte de *Crew Investments* era tota una feinassa. Hi havia en l'aire milions d'euros que el saber fer de Marc havia tret de baix de les pedres i que ara es posarien a disposició dels objectius d'Alícia. I finalment calia posar un preu a tot allò... un preu que s'enduria Marc.

Tanmateix cap vesprada s'havia plantejat la necessitat de pujar-la al cotxe, com sovint havia fet amb Alícia. Mai una avaria imprevista, mai un descuit, sempre el cotxe a punt, a la porta de l'oficina. Ell, per falta de maldat o per excés de confiança, també havia tingut sempre el vehicle a punt. Així que les llargues jornades laborals havien acabat precisament en això, en jornades laborals esgotadores. Sense més.

Però de sobte, dijous a la nit, Verònica li va demanar d'anar junts a la feina l'endemà. Era el dia que arribava Alícia i volia assegurar-se que Marc

arribava puntual i distés. Fer-lo fer de xofer era una bona tàctica. La cita seria en un punt intermedi del trajecte fins a la feina, no a casa d'ella. No hi hauria malentesos.

Marc tenia el cotxe en marxa mentre esperava Verònica. Plovia. Va pujar la potència de la calefacció. Per fi Verònica va tocar el vidre de la finestreta. Ell va obrir i tot el bolic que en eixe moment era Verònica es va deixar caure damunt el seient: bossa, paraigua, l'abric posat... Discretament Marc va llevar la calefacció i va posar en moviment el cotxe. Va començar a escoltar-se el molest so agut que indicava que el seient de l'acompanyant no tenia el cinturó de seguretat passat. Verònica el va buscar i se'l va cordar.

–Ja està –va dir satisfeta.

–Tot a punt? –va dir Marc.

–Sí, tinc el memoràndum ací a la bossa –Verònica va començar a remoure's al seient. Semblava incòmoda–. Tinc calor.

–La calefacció està apagada –va dir ell, ometent que l'havia tingut al màxim tota l'estona que ella l'havia fet esperar–. T'hauries de llevar roba.

–Em llevaré l'abric.

Verònica es va descordar el cinturó de seguretat, el so agut atacava de nou. Marc la mirava a ella mentre deixava de prestar atenció a la conducció. Volia veure l'espectacle. Verònica es llevava la mànega dreta. Inclinava el cos cap al d'ell amb l'abric ja despassat, mentre s'alçava lleument del seient per traure l'abric sobre el que s'havia assegut en entrar. Estirant la mànega li se feien més prominents el pits que l'apuntaven. Per llevar-se la mànega esquerra va repetir la maniobra però no contra la porta sinó contra el parabrises. Verònica es va arquejar, el cul en l'aire, la cintura en una corba perfecta, els pits assenyalant la carretera...

–Ja està –va dir victoriosa.

El xiulet continuava angoixant. Verònica es va passar el cinturó de nou. L'abric li va quedar sobre els genolls, fet un bolic, junt a la bossa i el mànec del paraigua que havia deixat al costat. Amb tot allò al damunt, no es va adonar que la faldilla li havia pujat més del compte. Més del que normalment puja una faldilla quan t'asseus... La part de cama que quedava a la vista era més que generosa, però sols s'apercebia a fragments, quan es movia. Va sonar un clac, Verònica es va inclinar cap a la seua porta.

–M'ha caigut la mistera.

Marc la mirava inclinant-se afusant pel costat.

–No la puc agafar.

S'alçava més del seient. Ja la faldilla no existia. Les mitges omplien tota la retina de Marc.

–Igual té, després la busque –va dir i es va acariciar la cabellera mentre mirava com Marc li mirava les cames. Ella no es va tapar.

–Ja estem –va dir Marc.

Va detindre el cotxe. Verònica va començar a vestir-se amb l'abric al mateix moment que Marc s'havia descordat el cinturó i buscava el paraigua al seient de darrere. Les voluptuoses formes de Verònica estaven més a prop de Marc que abans. Finalment va agafar el seu ridícul paraigua plegable. Verònica va eixir i va obrir el seu, més gran.

Marc no encertava a agafar la carpeta, tancar el cotxe, provar d'obrir el paraigua... Mentre Verònica mirava des de la vorera, impecable, esperant-lo.

–Vine, no l'òbrigues, amb el meu ens podem tapar els dos –li va dir Verònica des de la vorera.

Marc s'hi va acostar, es va colpejar el cap amb el paraigua.

–L'hauràs de dur tu, que ets més alt –li va dir ella mentre li passava el seu paraigua.

Marc el va agafar, el va alçar suficientment per crear un espai sec baix dels dos però Verònica li va agafar el braç amb les dues mans i es va acostar fins a fregar abric amb abric.

–Ai, que em banye! –va mentir.

Les flaires dels perfums dels dos es van mesclar. Ell li olorava els cabells, ella el lòbul de l'orella que s'havia perfumat.

Entraren al hall de l'edifici. Ella es va avançar per cridar l'ascensor, ell tancà el paraigua. Les portes de l'ascensor s'obriren. Estava buit. Pujaren els dos.

–Vero –va dir ell.

–Què? –li va contestar sense mirar-lo.

–M'has posat a cent.

–Ja ho sé. Ho he fet perquè t'adones del que et faran.

–Què vols dir?

–Que és molt fàcil posar-te a cent. I Alícia se'n pot aprofitar.

Marc es va quedar gelat.

–Jo també estic a cent, no sóc de pedra. Però a la nit em follaré el meu home –li parlava estrenyent l'ansa de la bossa–. No sé, si hagueres anat amb Alícia al cotxe, on hauríeu acabat, i no et convé. Encara que no entens res. Igual necessites que t'ho explique millor.

Vero va parar l'ascensor. Sabia que tenia poc de temps però estava angoixada. Era molta la tensió, la responsabilitat, també.

–He tornat a somniar amb tu –li va dir a Marc.

–Amb mi? –Marc intuïa que no seria res sexual. Confiava que no seria aquell somni de la cremallera.

–Sí, amb tu. Recordes el somni de la cremallera que et vaig contar? Doncs igual, però amb un canvi preocupant.

–Ja comença a preocupar-me que se't repetisca tant la cosa.

–El mateix principi, però recorde un poc més i hi ha un canvi:

Quan me'n vaig del bar amb la cremallera arreglada et pares a buscar el paquet de tabac i trobes una targeta amb un nom i un telèfon.

És ara o mai. Ja et fa la impressió que em coneixes de fa molt de temps, el temps que fa que em veus entrar cada dia al baret. Em coneixes el ritual: entre, m'assec a la barra i em demane un breu esmorzar. Faig broma amb la cambrera i ric. Sempre ric. Tu fa dies que has desplaçat el teu lloc quasi fix de sempre per estar més a prop de mi i escoltar-me, per sentir-me. T'agrada la meua veu. Estàs decidit. El teu atreviment amb la cremallera –amb les mans sobre el meu cos, més bé– ha alçat una expectativa que vols complir.

Alícia... el seu nom era a la targeta amb un número de telèfon al qual li faltava una xifra.

–Alícia? –La va interrompre Marc.

–Sí. Veus? Tot està mesclant-se. Abans el somni era entre nosaltres. Ara sou tu i Alícia.

Miraves el número i pensaves si jo, o Alícia, hauria oblidat el meu número complet. No. Et forçaria a fer deu cridades per trobar el número? No. Era un joc. T'havies d'esforçar. Sóc –Alícia també– una dona exigent. Vas remirar el número, començava per 5. Era impossible. Li vas afegir un 6 davant i vas marcar des de la Blackberry.

–Sí, digues-me?

–Alícia?

–Sí? Qui és?

–Sóc jo –els nervis et fan dir bestieses.

–Hola, «jo», gràcies per arreglar-me fa una estona.

–No es mereixen. Era una llàstima. Sols et faltava un detall per estar perfecta.

–Gràcies.

–No m'has deixat ben anotat el teu telèfon.

–Sembla que sí. M'has cridat ràpid.

–Tinc els meus recursos quan es tracta de dones intel·ligents.

–Com saps que sóc intel·ligent, jo?

–M'has volgut fer patir amb un número de telèfon. O ets intel·ligent o ets roïna.

–O les dues coses. Demà hi seràs?

–Sí, com cada dia. T'espere?

–M'agradaria.

–Ok. *Ciao*, fins demà doncs.

–*Ciao*.

—Bé, no sé què dir —va dir Marc.

—No entenc res —Verònica mirava al terra, recolzada en la paret de l'ascensor, com derrotada, esperant que Marc la reconfortara però al mateix temps desitjant que mantinguera la distància.

—El que jo veig és que tens por que jo em centre en Alícia i et deixe a tu de costat, però tu no, no... —Marc no va acabar la frase.

—No m'he postulat mai? —va dir Verònica.

—No t'has insinuat. No m'has dit mai res. No ho hem parlat. Ara no és el moment i veig que vols que parlem. Busquem un altre moment.

—En un sopar a dos et faria el pes? —Verònica va recuperar la serenitat, va polsar de nou el botó del pis on anaven i l'ascensor va engegar de nou—. Jo t'avisaré.

Mentre Marc digeria tota l'escopetada que acabava de rebre, les portes de l'ascensor s'obriren. Donaven accés directament a la recepció del pis on estava preparada la reunió amb els inversors. Alícia caminava cap a ells. Els havia vist pujar a l'ascensor per les càmeres de seguretat.

—Hola, Vero —Alícia la va saludar sense mirar-la i va agafar Marc pel braç amb les dues mans i se'l va endur davant al ritme dels seus tacons.

Un inaudible so d'avís de missatge anunciava una cita a la pantalla del mòbil de Marc: «Aquesta nit, c/ del Forn, 35-4-7» De moment va quedar sepultat al maletí. Era l'hora de la reunió amb Alícia. Per cortesia no es miraria el mòbil.

V

Era una situació paradoxal: Marc entrava a l'ofi-
cina i allà ja estava Alícia. Com si el convidat
fóra ell. Bé, si haguera arribat més prompte, com
tocava... però la pluja l'havia retardat. A Alícia no
li plovia? Però probablement haguera estat més
la xerradeta amb Verònica a l'ascensor que altra
cosa. Així que ara no tocava lamentar-se, sols anar
cap a la sala de reunions, a la seua sala de reuni-
ons, de la mà d'Alícia.

Obrir la porta i veure allà assegut Ivan. Bé, ell
encara no el coneixia en persona però no podia ser
un altre. No sols Alícia li havia violat l'espai de la seua
oficina –bé, Alícia li podia violar el que volguera– sinó
que Ivan, o qui fóra, estava allà assegut a la taula de
juntes. I això per no parlar del goril·la de la porta, allà
recolzat, com distret, amb els braços creuats davant
el pit i sense mirar Marc que entrava a la sala. Marc
el va mirar amb la mateixa indiferència. «Fer com fan
no és pecat», va pensar mentre l'ignorava.

Marc no es va asseure a cap de taula, que inex-
plicablement Ivan havia deixat lliure, sinó enfront

d'Ivan, en un dels dos llocs centrals, on les famílies valencianes sempre havien determinat que era des d'on es presidien els dinars familiars, però d'esquenes a l'entrada. Ivan estava de cara. Era paranoia d'ell o Alícia li havia donat fins i tot eixos detalls tan insignificants i, al mateix temps, tan importants per a Marc?

–Bon dia –va dir Marc llençant-li la mà abans de seure amb la idea de fer curts els preliminars.

–*Priviet* –va contestar en rus Ivan, mentre s'alçava i estrenyia la mà a Marc.

–Bé, i com ho fem? En rus? –va voler bromejar Marc.

–[...] –Ivan li va engegar a Alícia un discurs inintel·ligible per a Marc i aquella va traduir–. Sí, en rus. Jo traduiré. El senyor Ivanovich està molt content de conèixer-te per fi i espera que tot vaja bé.

–Ah! Bé, el plaer és mutu. L'empresa que ens compra també és russa com ell? No parla res que no siga rus, l'home este? –va preguntar a Alícia enmig de la pregunta a Ivan.

–No. No li toques el nas... –I Alícia li va traduir ràpidament a Ivan la resta de la pregunta.

La pregunta a traduir era curta, la frase que va fer Marc era llarga, i tenia dos interrogants, no un. Ja li estava tocant el nas.

–[...] –Ivan va contestar amb una resposta curta. Alícia va traduir un lacònic «sí». Estava emprenyada.

–Bé, no sé. És que quant de temps porta ací? I no parla res més que rus? No és una falta de respecte vers nosaltres, la nostra cultura, els nostres costums, les nostres tradicions...? Bé, pregunta-li si ha vist bé els comptes.

–Què animal eres! [...] –Alícia va traduir el final de la frase de Marc.

Ivan, altra vegada, va veure que la traducció no era completa, i es removia a la cadira, nerviós.

–[...] –Va contestar amb una altra frase curta, encara que més llarga que l'altra vegada. Prou més llarga. Alícia li va dir a Marc:

–Sí.

–Ah! Ja s'està emprenyant l'home, eh? Ara tampoc m'ho has traduït tot a mi, bandida! –va dir Marc divertit, però amb la cara seriosa, per no destapar el joc.

–Fes el favor, Marc. Anem per feina.

–Bé, què vols que et diga? –va dir Marc, mantenint el posat seriós però ara de veres–. No m'agrada el tracte i ara que el conec, no m'agrada el paio. Però estic dispost a rebre una oferta. Una vegada deixada la meua feina «de sempre» no em sent vinculat a res i podria vendre sense problemes.

–[...] –Alícia va traduir sense demora, com volent tapar els malentesos d'abans. Ivan assentia. Va contestar una frase ben llarga. Alícia va tragar saliva. Intuïa uns preliminars gens adequats per a una negociació. «Hòmens», va pensar mentre començava a traduir a contracor–. El rus és una de les llengües més antigues, parlada per més de 150 milions de persones, gairebé 180 milions segons alguns recomptes: El quart idioma del món, en nombre de parlants.

–Ah! Una reivindicació supremacista... El xicot este em cau més malament ara que quan l'he vist. I on queda el respecte a les minories?

Alícia va traduir, va esperar i va amollar la resposta d'Ivan, que, malgrat el to desagradable de la conversa, mantenia les formes, com Marc.

–Les minories ètniques són l'excusa dels nacionalismes per desfer la pau i la concòrdia de les nacions que conviuen pacíficament en un estat.

–Toca't els collons! –va exclamar Marc.

–Això no li ho digues –va dir ràpidament a Alícia. Es va tranquil·litzar. Va continuar la conversa en calma:

–El respecte de la cultura dominant dels estats que conviuen amb les «seues» diferències és de tot

menys pacifisme i respecte. Les nacions tenen dret a un reconeixement i un respecte, encara que no tinguen estat.

–Sí, com Palestina –va traduir Alícia a Ivan– que els donaren l'autonomia dels territoris de Gaza i Cisjornàdia i ràpidament les estructures de poder van ser ocupades pels integristes de Hamas.

–Ràpidament? Mira, després d'una política militar i policial d'assetjament i extermini d'organitzacions laiques i revolucionaries com Al-Fatah, que manaven a la comunitat Palestina, les persones que allà malvivien es van haver de conformar amb l'altra organització que li disputava l'hegemonia antiisraelita. Si ho hagueren deixat al seu aire, i no hagueren mort Iaser Arafat, per exemple, les coses haurien anat d'una altra manera.

–Com ara Síria? –parlava Ivan per boca d'Alícia– on el bloc occidental està alimentant l'oposició islamista al govern legítim? Per a després lamentar la implantació de lleis islàmiques en el futur nou estat de la Síria lliure?

–És molt fàcil estigmatitzar l'oposició –va replicar Marc–, qualificar-los de radicals, revolucionaris, islamistes barbuts i després guanyar-se el suport occidental per deixar de donar-los suport i deixar caure el país en el caos i el desastre, com a Egipte.

–De vegades els islamistes radicals prenen el control de l'oposició armada, de les accions terroristes i es converteixen en l'alternativa intolerable, com a Txetxènia. O no saps dels atemptats a Moscou?

–Txetxènia? –Marc no sabia res de Txetxènia, es va quedar en blanc.

–Sí. Rússia ha fet una guerra –dues, més ben dit– contra la insurgència islàmica a Txetxènia i n'ha patit les conseqüències a Moscou –va contestar Ivan, ara ja un poc neguitós.

–Bé, no conec el cas de Txetxènia, la veritat. Va confessar Marc. Però no es pot tolerar que es pose com a excusa que amb violència no es pot negociar i que després es plantege una opció independentista, no violenta, com la nostra i no se'n puga parlar –va respondre Marc.

Alícia va traduir Ivan. Aquell es va quedar mut per un moment i va fer la que semblava la seua sentència sobre la conversa:

–No conec el vostre cas tampoc. Però sols dic que les coses no es poden canviar pretenent que tot es quede igual. Tot estat té dret de voler mantindre la seua integritat, sobretot per damunt de reivindicacions minoritàries.

–Arriba un moment que no és una minoria la que reclama, sinó la majoria de la ciutadania. Eixe

dia els estats han d'estar a l'altura democràtica de saber escoltar el poble –va voler concloure Marc.

–Escolta tu ara la nostra oferta –va dir Alícia a Marc.

Alícia donava la conversa per acabada. S'havien acabat els arguments. Anaven ja a la feina. Marc va prendre nota mental de dos o tres detalls significatius de la discussió i va entrar en matèria.

–No vull vendre –va fer una pausa teatral–. Però no vull que penseu que és per la conversa que acabem de tindre. No n'estic convençut, això és tot.

–L'única cosa que t'hauria de convèncer, o no, és el preu –Va dir Alícia que contestava Ivan.

–Bé, i saber què passa amb els meus clients.

–No. Tu vols saber com faré jo més diners amb els teus clients, com faré coses que tu no podries ni somniar. I això no entra al tracte: vens o no vens. No hi ha més que parlar –va dir Ivan.

–No venc.

Ivan es va alçar lentament de la cadira. Va fer la volta a la taula. Marc ja s'havia alçat, Alícia també.

–Bé, pensa-t'ho un poc més, no és una mala oferta, la nostra. *Dosvidanya*.

Marc i Alícia van veure com Ivan se n'anava, seguit pel goril·la de la porta que va fer un comentari inaudible al coll de la seua camisa. «Curiosa manera de demanar el cotxe», va pensar Marc mentre es tornava a asseure a la cadira.

Alícia va tancar la porta i va seure al costat de Marc, però damunt la taula, la mans a la vora, inclinada lleument cap endavant, sense mirar-lo.

–Estàs boig! –li va dir finalment.

–Podria ser... però no ho tinc clar.

–Però anem a veure –Alícia es va girar cap a ell, va creuar les cames. Amb la mà gesticulava fent el gest eixe tan italià d'ajuntar els dits i pujar i baixar la mà ràpidament–. A tu què t'ha agafat?

–Doncs no ho sé. Vertigen, pot ser?

–No digues bajanades! Mira, açò és molt seriós. Hem corregut molt per arribar ací. Jo m'he implicat personalment en saber que estaves tu al capdavant de l'empresa que Ivan volia comprar, i pensava que tot aniria millor.

–Sí, personalment. Una merda! –va contestar Marc enfadat–. Tu em cridares, em digueres que veníeu i m'has llençat els teus gossos a escodrinyar els meus números. Això no és implicar-se personalment.

–Verònica no és «els meus gossos» –li va dir Alícia mentre el mirava fent-li ullets.

–No. Vero, no. Però de vegades em pense que me l'has enviat a posta per a fer-me donar el sí.

–Té el seu geni, diuen. I no li agrada que li donen un «no». Va insistir en dirigir l'auditoria de la teua empresa. Igual la fama et precedeix, *rubio*.

–Bé, no m'interessen els detalls, saps? –Marc es va alçar i va fer una mirada al mòbil. Una llum roja anunciava el missatge sense llegir–. Canviem el «no» per un «m'ho pensaré». En parlem en uns dies.

Alícia va baixar de la taula fent un botet. Va anar a buscar la seua maleta plena de papers i, satisfeta, li va fer un bes a la galta a Marc.

–M'agradaria que digueres que sí.

–Ja veurem. No es pot dir mai que no.

Alícia va eixir de la sala de juntes, Marc llegia el missatge de Verònica. Li agradava el pla del sopar.

VI

Marc va fer sonar el timbre de la porta des del carrer. «4t 6é. F. López», va llegir. «F?», va pensar. Si a Verònica li deien Verònica...

–Qui és? –va sentir per l'intèrfon la veu de Vero. Es va tranquil·litzar.

–Sóc jo, Marc.

Un soroll mentre s'obria la porta, silenci a l'intèrfon. Va entrar, va agafar l'ascensor. Li van vindre mals pensaments a l'ascensor, o bons, segons es mire. Tot ple d'espills, un ascensor era un lloc recurrent en la fantasia de les persones. Els quatre pisos es van fer curts. L'excitació li havia pujat, si això era possible.

Des que Verònica l'havia citat, amb missatges encadenats, al sopar de hui a sa casa. Sa casa? Si al timbre hi deia «F»? Tot va ser una excitació *in crescendo*. «No portes res, sols vine amb gana.» El punt just d'ambigüitat, tota la cita va ser així. Ell li tenia ganes. La feina l'havia contingut molt de temps però si era ella qui feia la primera passa...

Va eixir de l'ascensor, va buscar la porta. Estava tancada. Va polsar el timbre.

–Jo obric! –va sentir que deia la veu de Verònica.

Amb qui parlava? Això no havia de ser un sopar per a dos? El cervell de Marc va començar a rodar explorant possibles alternatives a un sopar a dos. La que va intuir no li va agradar. La porta es va obrir.

Allà davant estava Vero, radiant, amb el somriure sempre a punt. El va agafar del muscle, li va fer baixar la cara i li va fer els dos besos de rigor. Els ulls de Marc guaitaven el llarg corredor. Al fons, una porta entreoberta. L'espill de la porta d'un armari reflectia el cos d'una dona que pujava la cremallera d'una bateta blanca, ajustada, curta, a un cos com el de Verònica. Semblant al de Verònica.

–És Marc –va dir Vero a l'aire.

–Vaig –es va sentir dir mentre es tancava la porta de l'habitació. Marc encara va veure el braç nu, ja dins de la bateta sense mànegues.

–Què és açò? –va dir Marc.

–És la meua germana. Li he parlat molt de tu. Té ganes de conèixer-te.

–Però...

–La botella de vi és a la cuina. Ja està oberta. Gaudeix-ne. Gaudiu-ne els dos.

–Te'n vas? –Marc ja s'havia fet una composició de la situació.

–Sí, me'n vaig a casa. M'esperen, ja ho saps.

–Pensava...

–Jo també tindré un pensament per a tu aquesta nit, quan em porte al llit el meu home.

El va tornar a agafar pels muscles, ara amb les dues mans, i el bes que li va fer ja va ser sols un, als llavis. Va fer que els cossos giraren sobre la seua posició. Es va situar a la part de fora del pis; ell, a dins.

–*Ciao*. Gaudiu.

Vero va tancar la porta. Marc es va girar cap a l'interior, buscant la cuina i el vi. La porta de l'habitació es va obrir. Fina, la germana de Vero, eixia passant-se les dues mans pels malucs, com ajustant una imperceptible arruga que no existia en aquella bateta blanca.

–Hola –va dir ell.

–Hola –va contestar Fina–. Passem a la cuina.

Allà damunt del banc de la cuina hi havia una botella de vi, d'eixe vi, i dues copes. Fina va servir el vi i va allargar una copa a Marc.

Marc no volia beure, volia besar-la. Encara li durava l'excitació de pensar que anava a passar la nit amb Vero i la celada que li havia preparat l'havia descol·locat. Ell, a mode de venjança, sols volia fotre un clau ràpid i anar-se'n. Demà seria un altre dia. No volia beure. Marta, la seua dona, sempre li deia que un bes acabat de beure un glop de vi no era bonic. Fina bevia i el mirava.

–És cert que és bo el vi. Vero m'ha dit que t'agrada molt. Saps el que més m'agrada de beure vi?

Marc la mirava.

–Fer de seguida un bes.

Va prendre un altre glop de vi i, sense deixar la copa, va passar els braços per darrere el cap de Marc i li va plantar un bes a la boca. Marc va notar la pressió d'ella als llavis, va deixar entrar la seua llengua i va notar el regust del seu vi preferit mesclat amb la carn d'ella, que l'envaïa. Va deixar la copa on l'havia agafada i va agafar la dona pels malucs, lleument, sols com per saber que estava ahí, sense tocar-la pràcticament. Ella es va arrimar, fregant els cossos. Marc va desplaçar les mans a l'esquena d'ella i la va acostar més, eliminant el xicotet espai que ja quedava entre els dos, fins a sentir els pits de Fina fregant-lo també. Amb els dits jugava amb la cremallera que havia vist abans a l'esquena del vestit. Mentre, ella feia durar el bes, menejant el cap, fins que es va retirar, passant-li la punta de la llengua pels llavis quan va acabar.

–Anem? –li va dir ella.

–Anem.

El va guiar a l'habitació. Anava descalça, Marc no se n'havia adonat. Fina va deixar la copa damunt la tauleta de nit, fent una lleugera inclinació mentre li donava l'esquena. Marc la va agafar per darrere, fent-la incorporar, sense deixar que es girara. Li va posar una mà als pits mentre amb l'altra li portava la cara al costat on, des de darrere, li va fer un bes. Li passava les mans pels pits poc delicadament mentre es besaven. Ella li va posar les dues mans a l'entrecuix. Es va girar i Marc li va començar a baixar la cremallera del vestit mentre es miraven. Ella somreia, esperant veure-li la cara de sorpresa. Quan va acabar de despassar-li la cremallera Fina va deixar caure el vestit a terra, mostrant-li el seu cos nu, sense roba interior. Efectivament la cara d'ell va ser de sorpresa. Amb un moviment gràcil, Fina va traure els peus del bolic que al terra formava la seua preciosa bateta i es va acostar més a Marc fent-li un altre bes. Li va baixar les mans fins a la cintura, on va alçar la samarreta de cotó fins que li la va deixar a l'altura del cap. Amb Marc encegat, se'l va deixar i va seure al llit, l'esquena recolzada al capçal, pràcticament asseguda damunt el coixí. Marc va acabar de despullar-se i va pujar de quatre grapes sobre el llit, buscant-la. Ella es va deixar trobar. Es feren un altre bes, mentre ella separava lleument les cames i Marc s'acoblava en l'espai que li deixava, buscant barroerament el cau d'ella per al seu sexe erecte. Ella no li facilitava la postura. Fina va fer el cap enrere. Marc va continuar besant-li la galta, la barbeta, el coll... Ella obria més les cames. Amb les dues mans li va agafar el cap i el va empènyer suaument cap a baix. Marc, obedient, li va besar els pits. Li'ls llepava. Allí es va entretindre. La pell fina dels pits el comboiava. Amb la llengua jugava amb els mugronets. Ella el va empènyer un poc més. Marc ja sabia el que volia. Va dibuixar un camí de besos fins al seu sexe, passant pel melic on li va intentar fer un mos, suau. Ella es va corbar, fregant-li el coll amb el seu sexe. Marc va continuar baixant fins que li va fer un bes suau al sexe, llepadetes, mossets... Les cames de Fina ara totalment obertes i la llengua d'ell entrant en el cau humit.

Fina va fer un moviment ràpid i imperceptible per a Marc: va agafar el mòbil de la tauleta de nit i sigil·losament el va tornar al lloc. Ell no veia res, enfeinat com estava a fer-li la feina que delicadament Fina li havia demanat, però se'l notava maldestre. A Fina no li acabava de fer el pes i pensava

que una mala menjada no hauria de tallar un bon clau, així que li va estirar el monyo. Ell va alçar el cap i Fina li va demanar:

–Vine.

Ell va respondre segons allò atàvicament previst:

–Vaig.

[...]

Mentre Marc es vestia assegut a la vora del llit Fina se'l mirava somrient. Sempre feliç aquesta xica. Ell li va preguntar:

–Què? No et vesteixes?

–Sí, ara. Vés a la cuina, engega el forn i ens menjarem el sopar, encara que siga reescalfat.

Ell hi va anar obedient. Li havia passat el mal humor. Estar amb Fina li havia agradat més del que es pensava, potser perquè ella l'havia deixat fer prou. I es notava que també li tenia ganes, tot i això ara, com sempre, es penedia del que havia fet. No per Marta, sinó per si no havia estat a l'altura de les expectatives de Fina. Mentre pensava en això Fina va entrar a la cuina, vestida amb sandàlies, texans i una samarreta de cotó, blanca i ajustada. Casual però guapíssima. Més que amb la bateta blanca. Els cabells arreplegats en un lligacues li acabaven de fer pujar l'excitació, de nou, a Marc.

–Vaja. No anaves *mudà*?

–Era per a l'ocasió. Ara, una vegada impressionat el convidat, puc anar més còmoda.

–A mi no m'ha impressionat la bateta, m'has impressionat tu.

–Mentida, que he vist com em miraves quan anava vestida i no se n'anava molt de quan m'has tret la roba, *bandido*, que tens una manera de mirar que despulla.

Marc també va somriure. Tot era cert... Va tornar a obrir el forn. Va decidir que ja era bo. Total, el sopar no era allò més important, encara que ell encara no ho sabia.

En un no res van parar taula i van començar a sopar. Fina, sense perdre temps també va començar a parlar.

–Mira, Marc, t'he de contar una cosa. És un poc seriosa, així que deixa'm acabar i *open your mind*, que et sonarà a xinés el que et diré.

Marc obria els ulls cada vegada més... Ara se li declararia?

–D'acord –va dir ell–. Sóc tot orelles.

–Hi ha un moviment cívic que col·labora amb les autoritats. És una mena d'organització que posa els mitjans contra els delinqüents financers. Els localitza, els segueix, en documenta els delictes i formula les denúncies presentant el *pack* a les auto-

ritats que estan prèviament advertides i acceleren les detencions sense estridències mediàtiques.

–Què?

–Forme part d'una organització que busca roïns i els porta a la policia.

–Dona, ho havia comprés, però sembla increïble.

–Ja t'he dit que estigueres a punt per escoltar coses increïbles. Què et pensaves, que m'havia enamorat de tu?

–Bé, no. Dona, vull dir... que ho entenc però no m'ho crec. ¿Com una organització privada pot fer millor la feina que la policia i els jutges? I amb quins diners? Si no hi ha diners per a res! Hi ha crisi.

–No és una crisi, és una estafa. Precisament per això, ens alimenten fons europeus. Som una organització depenent de la Unitat Internacional de Delictes Financers de la Unió Europea, però no som una agència oficial. Estem un poc al marge de les autoritats.

–Què vols dir? Que si cal us folleu els delinqüents per a pillar-los?

–Bé, m'alegra que t'ho prengues així. Ahí és on entres tu i...

–I?

–I Alícia.

A Marc li se va parar el mos. Alícia era de l'organització? No, espera. Alícia havia de ser...

–Alícia és una de les caps intermèdies d'una màfia organitzada per blanquejar diners usant els concursos de creditors d'empreses en crisi.

Així, escoltat tot seguit semblava una mala història.

–Ah! –Marc no podia articular paraula.

–I volem que ens ajudeu.

–Ajudeu?

–Vero i tu. Esteu al mig de l'última transacció d'Alícia. Ha estat una sort inesperada. He hagut d'explicar-li tot açò a Vero primer, convèncer-la i ara a tu.

–Bé, no t'haurà costat molt convèncer la teua germana que Alícia és una lloba. No sé per què...

–És cert. Estava molt predisposada a col·laborar, i m'ha donat instruccions per a ajudar a decidir-te –va dir fent-li l'ullet.

–Sí, i tant. Has estat molt... persuasiva. M'apunte.

–M'apunte? Primer has de saber de què estem parlant i no prendre riscos innecessaris.

–Riscos? Quins riscos? Tu, bé, vosaltres, voldreu saber alguna cosa que jo sé. Us la dic i ja està... tan amics.

–No, 007. La cosa no és tan fàcil. Ací estem parlant de molts diners que s'estan blanquejant. Diners que han fugit dels canals habituals, més o menys tolerats, com la banca de Xipre i que venen com... enfurismats. Escaldats. I no els semblarà bé que ací també els pillem. Que allà els en prengam una part i ara ací que vagen a la presó.

Marc tenia tot el sopar al plat, pràcticament. Fina s'havia menjat la seua part, encara que se n'havia servit poc. Jugava a casa i això era un avantatge.

–Passem al sofà? –Fina havia llevat els plats de la taula, s'adreçava a la cuina i li assenyalava el sofà a Marc amb el cap.

Ell va agafar els gots i la botella, quasi buida de vi, i ho va dur a la cuina.

–Què vols prendre?

–Ni postres ni cafè?

–No. Una herbeta d'Eivissa? És digestiva. O vodka? –de nou el somriure als llavis.

–Vodka? Tens vodka?

–Sí.

–Però –Marc se la va pensar, a veure fins on estava la nit preparada– vodka al moble-bar?

–No. Vodka a la nevera, per a prendre sol, sense res. Ni gel.

Estava perdut... Aquesta dona s'havia fet un mapa, un bon mapa d'ell, abans de preparar el sopar.

–*Ok*, vodka. És fàcil de preparar, te l'agafes i te'l poses al got. Jo ja m'apanye.

Els dos acudiren al sofà amb el gotet de líquid transparent a la mà.

–Què t'has preparat tu?

–Res n'has de fer.

O siga res d'alcohol. Una pometa d'eixes que no diuen res. Volia continuar serena i continuar controlant. Doncs res.

–I digues-me, quina música has posat a l'habitació abans?

–*I was made for loving you.*

–Oh!

–No t'ha agradat? Era per regular-te el ritme.

–Ah, molt convencional. La música amansa les feres.

–Era una versió, l'original...

–Kiss, l'original és de Kiss. Si m'hagueres posat eixa no haguera estat tan... suau –va acabar Marc la frase.

–A mi m'agrada Maria Mena. Com canta Maria Mena aquesta cançó, vull dir.

–A mi m'agrades tu –va dir Marc deixant el got buit damunt una tauleta que hi havia, amb molt bon criteri, a prop del sofà.

–Jo? –Fina reia replegant-se a l'altre costat del sofà d'on estava Marc, deixant-li el camí per guanyar-se-la.

–«*Tonight I wanna see it in your eyes*
Feel the magic
There's something that drives me wild
And tonight I wanna make it all come true» –va repetir Marc

–Ah, t'ha agradat. Però ja la coneixies...

–Com si no ho saberes «*I was made for loving you*».

–Sí, tu ets un *bandido*. A tu t'agraden totes –va dir Fina buscant-li les puces.

–Totes no.

–Doncs ho sembla. A la feina...

–A la feina, què? Jo a la feina no tinc res –va contestar Marc estranyat.

–No em digues, amb tantes dones sempre.

–Vols saber quina classe de dones són? Te'n conte una de la feina?

–Sí, clar.

Marc li va contar l'episodi del pintallavis:

Un dia entrava jo a treballar. Com moltes vegades, em vaig acostar a saludar una de les companyes de més a prop:

–Hola, bon dia. Com va?

–Bé, i tu?

–També bé.

–Una cosa –va dir ella.

–Digues.

–De quin color portava la teua dona hui pintats els llavis?

–Doncs no sé, jo els colors... marró. Crec que marró.

–Ah, bé. Així bé.

–Bé, què?

–Res, que portes marques de pintallavis i era per saber si l'havies besat a ella o a una altra.

–Què t'ha paregut? –li va dir Marc a Fina.

–Oh. Les guardianes de la castedat! Pobret, ets d'eixos que diuen que a la feina no es pot...

–No, jo no he dit això. Cadascú pot fer el que vulga on vulga, inclús a la feina. El que dic és que la millor forma de saber que no pots és quan l'altra persona et fa un senyal que no està interessada en tu.

–Els senyals es lligen... –va insistir Fina.

–Clar, i per això un NO insinuat és tan contundent com un NO categòric. A veure si dues persones guapes no poden treballar juntes sense que hi haja *rotllo*.

–Ella és guapa?

Marc llegia un retret de gelosia? Va pensar que era hora d'acurtar la conversa.

–Guapíssimes. Com jo.

–Ets un presumptuós...

Marc es va avançar per damunt del sofà, buscant el cos a cos. En un no res ja estava damunt Fina. Ella no es resistia. La besava. Ella deixava el seu got a la tauleta aquella i ell li besava el coll. Li va pujar la samarreta blanca fins que li la va traure, esperant veure els pits a l'aire i es va trobar amb una joia de la roba interior, un subjectador preciós... d'eixos que es fan per a mirar-los.

–T'agrada? És per a tu... –va dir Fina.

Ell s'ho va prendre com una invitació, va buscar per l'esquena el despassador...

–No, no me'l lleves. El vull dur posat.

Ohhhhh! Una dona amb texans, i amb sostenidor era una de les fantasies recurrents de Marc... Li va besar l'escot. Seguia cap avall.

–No, deixa, que adés...

–No t'ha agradat?

–Bé, no sé. Millor parlar de les coses de llit. Es podria fer millor.

–Millor? –Marc dissimulava el desencant.

–Sí. Vols veure-ho? –les mans de Fina li obrien la bragueta.

–Ah! Bé, una classe pràctica? Sí, endavant. –Marc es va fer enrere, deixant-se fer.

Després d'un breu bes als llavis, Marc ja li va veure sols els cabells. El cap s'enfilava cap al membre erecte, que havia quedat al descobert després que li haguera baixat pantalons i calçotets tot d'una. A les pel·lis porno sempre es trau un plànol de la xicota mirant-te amb els ulls, i la boca, ben oberts però hui tota l'atenció de la seua protagonista estava encarada al seu marbre.

Li passava delicadament els dits entre la melena mentre ella feia els primers besos humits però prompte va traure la llengua a passejar-li la caboteta.

Marc, en aquesta, diguem-ne, situació, mai sabia què fer. No volia donar-li conversa perquè no se sentira obligada a contestar i deixara allò que estava fent, però aquell moment de plaer no el podia passar en silenci. La majoria de vegades optava per gemegar-li.

Marc va veure com Fina s'havia instal·lat còmodament al sofà per no tindre distraccions, i les dues cames estirades, tan llarga com era, li penjaven lleument pel final del sofà, mentre llepava i llepava, movia una de les cames, doblegant-la, buscant el cul amb el taló del peu nuet. Era eixa sensació d'es-

tar completament abstreta, sense pensar el que fas, gaudint del moment i deixant que el cos parle per tu. El moviment involuntari i natural d'ella li mostrava a Marc l'entrega absoluta del moment. No pensava més que a passar-ho bé i fer-li passar a ell una bona estona també. La llengua li va recórrer el fal·lus cap als ous, i quan la boca va pujar fent mossets, li va millorar l'erecció. Aleshores en arribar de nou a dalt el va mossegar a dentades breus i abundants mentre amb la mà li va fregar la bossa, el membre, sense que ella el sostinguera, amb una mà a la bossa i la boca sols a l'extrem. Es va encabritar i li va eixir de la boca. Aleshores Marc va augmentar la freqüència del frec dels dits a la nuca d'ella i va fer el primer gemec. Els dits hàbils de Fina van agafar al vol la verga i se la va posar novament a la boca, fregant-la amb els llavis, engolint-la, com redreçant-la i portant-la al cau humit i calent d'ella, omplint-li-la de saliva. Els gemecs de Marc augmentaren. Li va deixar anar el cap llevant-li la mà, com en una senyal que havia d'acabar la contenció i aleshores els moviments es convertien en frenètics, la pelvis d'ell va començar a acompanyar el ritme com volent follar-se la boca de Fina. En eixe moment sempre pensava en el roig dels llavis pintats i en com pintura i saliva li omplirien el membre.

Fina va alçar el cap i li va agafar fortament la cigala amb la mà. Lubricada com estava, Marc ni va notar la diferència i va continuar els moviments espasmòdics amb els ulls tancats, deixant-se fer una palla mentre la llengua d'ella entrava per sorpresa a la seua boca i l'empenyia contra el sofà. Quan la mà d'ell va buscar el cul de Fina i pels moviments cada vegada més ràpids de la cintura d'ell, Fina va intuir que tot estava a punt d'acabar. Va separar la boca, sense afluixar el ritme de la mà i li va ordenar:

–Crida fort!

I la boca d'ell va soltar un gemec quan tota la llet se li va escampar per la mà de Fina.

Un moment de repòs per als guerrers. Ella es netejava pulcrament la mà. Ell, exhaust, se la mirava. La veritat és que li mirava el pit, el sostenidor aquell era bonic en avarícia. O estava ben portat. O les dues coses.

–Bé, xic, abans que te'n vages hi ha tres coses.

–Ah! Me'n vaig ja? –va bromejar ell.

–Ja, no. Quan acabem de parlar.

–Ah, d'acord... Digues-me.

–Ací tens un telèfon. Porta incorporat un sistema de geolocalització a la càmera, de forma que quan fas una foto, sense que calga enviar-la, sabem on està feta. La idea és que li faces, quan siga el

moment, una foto a Alícia, sense que se n'adone, i ens ajudes a localitzar-la. Si està amb Ivan, clar.

–Ah, sí, facilíssim. «Xica, posa't ahí, que et faré una foto» i ella m'enviarà a cagar.

–La càmera no fa soroll. Ho has de fer discretament.

–Totes les càmeres fan soroll. És una normativa europea en favor de la privacitat de les persones. Això no es pot llevar de cap aplicació de càmera de fotos de cap mòbil.

–Tu no tens clar per a qui treballe, no? Mira –Fina li mostrava la pantalla del seu mòbil. Hi havia una foto d'ell, el seu cap, els seus cabells entre les cames d'ella, els dos al llit.

–Ostres! Com pot ser? No he sentit que em feres la foto!

–Doncs això. Tu fas igual. Li dones un caramelet i li fas la foto.

–Un caramelet?

–Per exemple, el que m'acabe de menjar jo.

Marc se sentia un poc bandejat per aquesta dona.

–Més coses –Fina seguia implacable–. A qui ens interessa pillar és a qui li mana la feina a Alícia. És un peix gros i difícil de trobar. Tu usa Alícia per arribar-hi.

–I què fa eixe, concretament?

–Doncs usa els buits legals i les persones corruptibles per blanquejar diners.

–I com, exactament?

–Exactament contacta amb empreses amb dificultats. Els proposa saldar tots els deutes amb els bancs declarant-les en concurs de creditors. Aconsegueix que li assignen l'administrador concursal de confiança. Quan el procés entra en la fase de liquidació i el «seu» administrador concursal va venent el patrimoni de l'empresa que ha fet fallida, ell el compra a través d'empreses pantalla, de presumptes inversors, que després reben fictíciament obtenint uns beneficis falsos que són igual a la quantitat de diners blanquejats.

–Vaja, i té en nòmina l'administrador? –va preguntar Marc.

–No sols això, sinó que no li costa diners. Un concurs de creditors d'una empresa al nostre país dura el que duren els diners. Es posa tot a la venda: instal·lacions, maquinària, matèries primeres, productes acabats pendents de vendre... i amb els diners que val això cobra l'administrador.

–I amb qui té deutes l'empresa es queda sense cobrar perquè primer cobra l'administrador, que té uns honoraris iguals als diners que es van generant.

—Correcte.

—Doncs vaja estafa! I n'hi ha molts així?

—N'hem comptabilitzat una mitja de 25 o 30 a la setmana el darrer any.

—Redéu!

—La legislació espanyola actual té un forat molt gran, i això a Europa preocupa. Per això estem ara ací.

—D'acord. Aleshores ja em dius com cal que avance jo el joc aquest.

—Sols has de deixar-te dur per Alícia. Ella necessita els teus inversors per fer-los la proposta de participar en el negoci. En tens una bona llista. Ven-li l'empresa.

—Ah! I ja està bé així? Tinc els meus dubtes, saps? No sé si vull vendre.

—Si, ja sabem dels teus dubtes i de la discussió que tinguéreu tu i el rus.

—Vaja, esteu en tot, no? Bé, tinc el meu orgull... i els meus dubtes.

—La venda seria l'escenari perfecte per pillar-los als dos. No sabem quan podrem tornar a veure el rus. Ven.

—I el preu què? No m'apanya l'oferta.

—Arregla't amb Alícia. Els diners no són problema per a ells. Demana el que vulgues i ho tindràs, segur.

—Sí, és cert. I ara, dues coses.

—Dispara —va dir Fina satisfeta.

—Què faràs amb la meua foto?

—No patisques. Li l'envie a Vero i l'esborre —Amb habilitat, mentre parlava, Fina va teclejar el seu mòbil. Silenciosament la fotografia va viatjar uns carrers més enllà, a dins la ciutat.

—Ostres! A Vero? Què cabrona!

—Ei! Sense faltar! Me l'havia demanat ella. «Si t'agrada com te la menja m'envies la foto» —Fina somreia de gust.

—M'has dit que no t'havia agradat.

—No, però ella no ho ha de saber tot. Practica, home, que quan ella t'ho demane no l'has de deixar decebuda. I l'altra cosa?

—Quan et tornaré a veure?

—Quan calga, quan em faces falta.

Fina es va tornar a posar la samarreta. Marc es va cordar els pantalons. Fina li va prendre el telèfon i el va deixar dins una caixeta negra molt elegant, amb una etiqueta a la part de fora: «LUKOilAndelson Inversis, from Marc».

—No li digues a la teua dona que te l'he regalat jo —Fina li va traure la llengua en acabar la frase.

—No, Marta millor que es quede al marge de tot açò.

Marc va caminar, entre resignat, content, emocionat i preocupat cap a la porta.

Fina, darrere d'ell, li va obrir la porta. Li va fer un bes als llavis i el va espentar teatralment, posant-li la mà al pit, cap a fora del pis.

VII

–M'agrada dinar amb tu: com que no ens veiem en tota la setmana encara que treballem junts... – va dir Ivan.

–Bé, ets el meu cap. Dinem quan vulgues, on tu vulgues –va contestar, fent–se la submisa, Alícia.

–No se'n parla gaire d'aquest local. Sembla que te l'han de recomanar per vindre.

–Correcte, jo vaig vindre una vegada, fa molt de temps, amb gent de la feina, de l'altra feina, i em va agradar –va contestar nostàlgica Alícia.

–Com a mínim són originals... Aquest simple plat de papes, amb la mel i els anisets per damunt, canvia totalment d'aspecte.

Alícia no li va dir que una de les coses que més recordava d'aquest lloc eren les papes amb mel i anisets. Les formes sempre sinuoses de les papes i la mel escorrent-se per les vores li evocava, sense poder remeiar-ho, un cos voluptuós esperant ser banyat en mel... i el que vinguera després.

–I això del llum? –va dir Ivan mentre asse-nyalava el llum, ple de paperets i targetes manuscrites que decoraven el sostre del centre del menjador.

Les targetes estaven a una altura accessible una vegada plantades les persones. Ivan es va alçar i en va agafar una, la més baixeta. La va arrencar i va començar a llegir-la. El cambrer, neguitós, anava a fer-li un retret, però el propietari, al seu costat, el va frenar. No cada dia una parella et reserva una taula i t'inclou una generosa propina abans de dinar. Tenien permís per a quasi tot.

–«Nedar ben profundament a la meua nova sirena» –va llegir despectivament Ivan–. I açò és, suposadament, un desig, o què és?

–Sí, exactament això. Llegint la tarja, i sense saber res més, pots inventar-te la història de qui l'ha escrita. Per exemple, la que acabes de llegir...

–Deixa, deixa. No tinc ganes de fantasies, jo –va tallar en sec Ivan mentre feia un glop de la copa de vi.

Alícia va voler reconduir la situació.

–Ahir no em digueres que estava guapa.

–Bé, no, però ja ho saps. Estaves guapa –va contestar Ivan mentre deixava el vi a la taula.

–Ni et fixares en els detalls, vull dir.

–Sí, clar que em vaig fixar. Què vols fer-me, un examen? –Ivan ja s'havia relaxat.

–Sí.

—Bé, m'agradaren les teues botes altes, planes.

—Però si ahir portava sabates, de taló! —va exclamar Alícia.

—Bé, el monyo, em va agradar com el portaves replegat en una cua —Ivan va voler salvar la situació.

—Però si vaig eixir de casa amb tanta pressa que no em vaig poder ni pentinar. Em vaig fotre una cua i ja està!

—Això volia dir, que inclús quan no t'esforces estàs guapa. M'agraden les grenyes soltes per la cara —Ivan recordava com bufava i es llevava els cabells de la cara mentre parlaven el dia anterior—. L'escot també em va agradar.

—Ara sí que m'has mort. Si ahir no portava escot. Anava amb un jersei finet, ajustat, fins al coll. Cenyidet, apegat al cos...

—Doncs això volia dir. L'escot no és literalment que se't vegen els pits, o part dels pits. Imaginava el teu cos nu, amb tota classe de detalls, sols de mirar-te. La roba ajustada és un bon incentiu per a la imaginació. Saps a qui em vas recordar? A una pel·lícula —Ivan la va interrompre. No volia que s'enfadara. Va improvisar.

—Quina pel·lícula? —va preguntar Alícia sols per saber si era cert que l'efecte provocador havia estat aconseguit o no.

–*The killer tongue*, amb Melinda Clarke de reina absoluta.

–No l'he vista. No sé què vols dir –Alícia va callar. Sols per un moment. Després va reprendre la conversa, aprofitant l'ocasió.

–I per què no em contes la teua història? La bona.

–És...

–Trista? –va acabar la frase Alícia.

–No, trista no és. Ens ha anat bé a la família. Som pragmàtics. Ens encomanaren una feina, el pare la va fer, va cobrar el que li tocava i el que li pagaren i tornàrem a casa. Després, a veure món.

–A veure, els detalls –va demanar Alícia mentre alçava els braços de la taula i deixava lloc al primer plat.

–Els detalls –va contestar Ivan mentre es feia arrere i deixava també que la cambrera fera aterrar el seu plat a taula.

–Espera –el va interrompre–, vaig al bany i vinc. És necessari. Comença, que es gelarà la carn al plat. No tarde gens.

I es va alçar, amb una actitud, aparentment, excessivament sincera i del tot inapropiada, però Alícia realment havia previst el moviment i intuïa que havia de ser aleshores. Després, i esperava no equivocar-se, tot vindria massa seguit.

90

Ivan no va tindre temps de fer el tercer mos. Alícia ocupava el seu lloc, enfront d'ell i li demanava que continuara:

–Va, conta'm la teua història.

Ivan va començar.

–Els anys 90 a Rússia van ser convulsos –va començar a contar Ivan–. Bé, convulsos es queda curt. Per al que t'interessa, a Txetxènia hi va haver una revolta i un general soviètic, condecorat de la guerra d'Afganistan, contra els talibans que ara tanta por fan, es va erigir en líder de la regió. Va proclamar la secessió de Txetxènia i va provocar la primera guerra. Aquest general es va veure obligat a retirar-se a les muntanyes per la pressió de l'exèrcit soviètic i allà va ser localitzat via satèl·lit gràcies al telèfon mòbil que li havien proporcionat suposats amics i... un míssil va fer la feina. El va succeir Iandardiev, que el 1996 va aconseguir la pau. Es van celebrar eleccions democràtiques a la zona, ja declarada autònoma, supervisades per la OSCE i en va eixir triat president Maskadov. A Iandardiev el trobaren mort a Qatar, un país un poc col·laboracionista a poc que tingues pasta que gastar-te, i Rússia, quan vol, en té. Un escamot dels serveis secrets russos hi va anar i en va tornar en un sospir i... es va acabar el problema Iandardiev.

Alícia no havia tastat mos. Ivan va parar de parlar i va fer dues tallades ràpides i precises a l'entrecot i se les va empassar sense immutar-se.

–Continue? –Sense esperar resposta va continuar la història, com si la tinguera dins molt de temps i necessitara exorcitzar-se–. Cap al 1999 les forces policials russes –una mena de guàrdia civil que tenim per allà a la frontera sud– va provocar uns incidents amb unes colònies musulmanes instal·lades a prop de Txetxènia, uns refugiats de la primera guerra que finalment no tornaren. Els txetxens van ser agredits i enviaren el seu exèrcit a defendre'ls, cosa que Moscou va considerar un *casus belli* i va començar la segona guerra de Txetxènia. Es podria dir que a falta d'un arxiduc tiràrem mà dels campaments de refugiats. Aleshores es va instal·lar un govern provisional a la capital, pro rus, és clar. I el govern que hi havia a Txetxènia va fugir a les muntanyes. El nostre president era Kadirov. Però el maig de 1994 va morir en un atemptat terrorista integrista txetxé. Moscou va enviar un nou president: Sergei Abramov.

–Abramov... Aleshores... –es va despertar Alícia de la història que estava escoltant.

Ivan no va contestar i mentre continuava fent sagnar la carn a dins el plat seguí amb la història:

–L'octubre de 1994 es convocaren noves eleccions i triaren un nou president: Alu Alkhanov, que va durar fins al 2007, quan triaren el president actual. Mon pare va fer un interinatge necessari: un favor a la mare Rússia.

–Entenc, un favor de sis mesos –va dir Alícia. I va començar a menjar, sense gana–. I després de tindre la presidència d'un país us n'anàreu?

–D'una regió autònoma, amb una autonomia limitada. Txetxènia és Rússia –va dir Ivan tot docte.

–Entenc. I aleshores?

–Aleshores mon pare va cobrar el que li pagaren i allò que li va semblar que li tocava i ens n'anàrem a córrer món.

–«I allò que li va semblar que li tocava»? Què vols dir?

–Doncs això. Mon pare era el president, amb accés a les reserves de divises, fons reservats, pressupostos generals de la regió autònoma, en estat de guerra... Així que no ens podem queixar, a la família.

–Sí, ara sí que ho entenc... –Alícia estava desmaiada i esglaiada.

–I bé? Ara que ja saps la història, estàs més tranquil·la? –va bromejar Ivan.

–No. Més tranquil·la, no. Era curiositat. No m'imaginava això, ni res del que hem passat junts, quan et vaig conèixer a Moscou.

–Sí, recorde aquell dia. A l'ambaixada.

Alícia va deixar de menjar una altra vegada. Els pensaments li volaren a un matí d'aiguaneu a la porta de l'ambaixada d'Espanya a Moscou.

–Em va vindre a replegar el teu xofer. Era un descarat. Jo no li vaig dir que parlava rus i ell no parlava altra cosa. Les mirades pel retrovisor eren constants. Em mirava més a mi que al trànsit.

–Què vols que et diga? –va dir Ivan mentre bevia–. És normal.

–Va parar al mig del carrer, al costat de la cadeneta aquella que marcava el perímetre de seguretat de l'ambaixada. El policia es va acostar. Quan el va reconèixer li va retirar l'impediment i va deixar que aparcara allà mateix.

–Pàrquing privat a Moscou, no és l'únic que tinc.

–Vaig entrar a l'edifici i després dels controls de metalls em vaig situar a la sala aquella plena de gent fet cua, asseguda mirant-se el número eixe de carnisseria de centre comercial que donen allà i esperant que els funcionaris els atenguen.

–Tu no et vas haver d'esperar gens. No et queixes.

–No, em vaig situar on m'havies dit, just a l'entrada de la sala, a l'altura de la càmera de seguretat i en eixe moment, com si haguera xafat una rajola amb un mecanisme, es va obrir la porta metàl·lica situada a la part esquerra. Aquella oficinista em va dir que hi anara amb una senyal dels dits.

–Són molt eficients.

Alícia bevia i mirava Ivan. Va continuar parlant-li de l'itinerari per dins de l'ambaixada, com si ell no se'l coneguera de memòria.

–Entràrem a l'ascensor i baixàrem dues plantes. Quan es va obrir la porta hi havia un corredor amb portes tancades. «La segona porta», em va dir la Natasha aquella. Vaig picar a la porta, vaig obrir i vaig entrar. Allà estaves tu, a punt per a fer-me una entrevista.

–Volia saber –Va dir Ivan amb cara de satisfacció.

–Sí, ja ho vaig notar. Per les preguntes que em feies i per les mirades, també. El conductor del cotxe es va quedar en escolanet quan em vaig quedar davant teu i em miraves amb eixa insolència.

–Quina insolència? –Ivan va fingir sorpresa.

–Eixa, la d'ara mateix. Ets un presumptuós.

–Au, va. Havia de saber a qui contractava. El teu currículum sols deia: «Excap de zona de la Caixa del Mar, amb responsabilitats anteriors al Departament d'Auditoria i al Departament d'Estrangeria».

–Supose que el currículum perfecte per a la persona que buscaves.

–La dona perfecta!

–Au, va, anem. Que hem de baixar el dinar. Fem un passeig.

Alícia es va alçar, Ivan no va pagar. Ho havia pagat de bestreta quan va saber on dinarien. I eixiren per la porta. A passejar. Però de seguida Alícia es va disculpar, va entrar ràpidament al restaurant i li va demanar mel a una cambrera.

–No tindreu a la venda la mel de les papes que ens heu servit hui? –li va preguntar.

–No. Bé, sí, però és una mel normal. La pot comprar en qualsevol establiment –va contestar formal la xicona.

–Ara no trobaré cap establiment obert –Alícia va traure un bitllet i li'l va allargar mentre la mirava als ulls, buscant la seua complicitat.

La cambrera va entrar i eixir en un sospir de la cuina, amb un dosificador de mel embolicat en una bossa blanca.

–No té pinta el teu xicot de saber fer un bon ús d'això. Diria que és tirar els diners. Té pinta d'impetuós. Si vols una classe pràctica torna quan vul-

gues, alguna vesprada i t'explique com va la mel i la delicadesa i em diràs si tenia raó.

–Alícia es va fer càrrec de la mel guardant-la dins la bossa i se'n va tornar a buscar a Ivan. Hauria de tornar a donar-li la raó a la xicota, no tenia dubte.

Alícia va agafar Ivan del braç. «Un passeig curt», li va dir, i el va portar, decidida, per entre els carrers, passant el pont del barranc, i en menys de deu minuts arribaren, com de casualitat, a la porta de l'antiga estació, de l'actual Hotel l'Estació. Una parada de tren reconvertida en «hotel amb encant» de dues plantes, sense ascensor on fer una retirada lluny del soroll del món. A Alícia allò de l'absència de l'ascensor li agradava. Odiava els ascensors. Els trobava un lloc eròticament desaprofitat. Això que passa de vegades, que coincideixes amb una persona a un ascensor, però amb una persona que t'atrau i comences a pensar en tot allò que faríeu, no sols a l'ascensor, però també. Eixe espai reduït, eixos miralls que substitueixen la falta d'espai, eixes baranes per agafar-se i sostindre's quan et fallen les cames, en el moment de feblesa i en canvi tan decebedors, perquè tothom hi pensa i ningú fa el pas. Si més no, ningú que t'agradaria que ho fera.

I odiava també la música d'ascensor. Potser perquè li agradava molt la música i escoltar a l'ascensor aquella música monòtona i insípida era com si li llevara el lloc en el món a una bona música. Bé, a una música que li agradara a ella. En aquell entorn, el passeig pel riu, no sé, la força tel·lúrica del terreny li portava al cap una cançó basta, amb força, de Raimon, de VerdCel... «Treballaré el teu cos / com treballa la terra / el llaurador del meu poble: / amb amor i força...» Era, potser, del tot inapropiada però era el que ella volia: amor i força... «I seràs tu el fruit, / seré jo el fruit, / serem junts el fruit, / tu i jo, terra i força.» Això, tot mesclat, en un bolic, els dos.

Els dos van fer un ràpid passeig per l'entrada de l'hotel, el recepcionista va saludar la parella. Ivan se'l va mirar, Alícia li va tornar la salutació amb un somriure i va continuar endavant, cap a les escales, per on va fer pujar Ivan. En un tres i no res es plantaren davant una porta de fusta noble, tancada, que Alícia va obrir hàbilment amb una clau que es va traure de la bossa. Entraren els dos a una mena de suite. Hi havia una habitació, una sala de lectura, un bany... No era ben bé la típica habitació d'hotel on en un espai hi és tot.

Alícia va espentar suaument Ivan cap a dins l'habitació.

–Ves, ara vinc jo –li va dir.

I va tancar la porta. Es va traure el tanga que s'havia llevat al restaurant, en el viatge al bany, i el va deixar penjat al pany. Se'n va anar al bany el moment necessari per a mirar al reflex de l'espill que continuava perfecte i va sentir com Ivan, intranquil, obria la porta i es trobava amb el detall del pany. Alícia va tornar a l'habitació i Ivan la va mirar amb un somriure. Es besaren.

A Ivan ja l'envaïa el nerviosisme. Va agafar Alícia per la cintura. Pensava que, baix la bata, anava nueta. Va baixar les mans, li va pujar la bata. Ella, que també el tenia agafat per la cintura, va baixar la mà i li va tocar l'entrecuix, com no deixant-li dubte del que volia també. Se separaren les boques, es miraren al ulls i mentre Alícia li baixava la cremallera, va furgar i li va traure la fava. Ell la va soltar, com sorprès per la rapidesa. Alícia li va treure el suèter d'entretemps que portava Ivan. Ell li va deixar fer alçant els braços, la xicota es va agenollar i va començar a xuplar-li-la. Es va ajudar amb la mà però ell es va despassar el cinturó, el botó i va deixar caure els pantalons per les cames. Ella va augmentar el ritme i de sobte va parar. La va alçar agafant-la pels muscles, li va pujar tot el que va poder la bata i va deixar caure Alícia damunt el llit, amb les cames penjant, que ella va obrir delerosa. Ivan, agenollat, afusava en el cau d'ella. Entre les mans d'Alícia hi havia els cabells del rus. Se'l va apropar, fent pressió, «terra i força» va recordar Alícia la cançó i encara li entraren més ganes.

–Folla'm, folla'm –va sentir Ivan que li deia Alícia.

Ivan es va fer arrere. Es va treure les sabates amb els peus. Els va treure dels pantalons mentre veia com Alícia s'esmunyia cap a dalt del llit, agafava un coixí del capçal i el posava a un costat, enfront de la porta que era tot un espill de l'armari de l'habitació i, sense llevar-se la bata arromangada, l'esperava.

Ell va rodar per l'altre costat i els dos tenien una perspectiva del que passava. Ell la veia en primer plànol, el cos d'ella mig nuet, mig vestit, els ulls reflectits a l'espill, amb cara de gana. Li va agafar les cames amb les mans i l'alçà lleument. En eixe moment Alícia va fer lliscar el coixí per baix del seu cos, elevant-se davant d'ell, que feia malabarismes amb el membre erecte per buscar-li el cau. Amb els coixins ja se sap: un és poc, amb dos et quedes massa alt. Però, de vegades, amb un i la destresa de l'altre havia gaudit de valent. Amb Ivan tenia la completa seguretat que també seria així.

–Ah! –va gemegar involuntàriament, quan ell li passejava el seu sexe pel d'ella, com presentant-li el camí. En un no res, els camins es van trobar i mentre Alícia el mirava per l'espill, va veure la corba del seu cul i el ventre d'Ivan que anava i tornava, i a cada empenta ella notava com s'humitejava encara més, com les ganes anaven a més. No saciava i, sense el coixí que l'ofegara, es van sentir per tota la planta de l'hotel els nous gemecs de plaer que volia compassar amb l'esforç d'Ivan.

VIII

Fina es va vestir sols amb la camisa de Marc i va obrir la porta al servei d'habitacions. Va replegar la comanda i la va portar al llit on fa no res acabava d'estar amb ell. Li va vindre a la memòria la cançó aquella «*A song for the lovers*» no per la cançó, sinó pel vídeo eixe tan... animalot, amb eixe final tan... «Bé, s'havia de veure», pensava mentre somreia ella a soles. Va sentir com Marc es rentava la cara al bany. Se l'imaginava ja eixint cara ella, vestit sols amb els texans i la tovallola al muscle, acabant-se d'eixugar després de la dutxa reparadora. Buscaria la seua camisa, que portava ella.

Encara que sabia que no tenien temps per a res, necessitava menjar, després de gaudir-ne li havia entrat gana. Havia fruït molt amb els mossos que li acabava de fer... Res a veure amb aquella primera vegada a casa seua on el va dur enganyat amb la complicitat de Verònica.

Marc no eixia. «Aquest home tarda més en arreglar-se que jo!», va pensar Fina. Va seure al llit i va escampar els fulls mentre anava pessigant l'esmorzar que li acabaven de dur. Marc va eixir del bany, vestit sols amb els texans, els cabells humits, la tovallola al muscle, sense samarreta i se la mirava des del llindar.

–Què fas?

–Revisant comptabilitat...

–No sabia que les *spy girls* feien això...

–Be, quan et posares en tot açò ja et diguérem que no érem una organització tipus. Hi ha molt de voluntarisme.

–I us demanen factures?

–Tenim uns fons assignats però hi ha organitzacions pantalla que han de justificar les despeses. Jo treballe per a les dues.

–Bé, tu sabràs. Me'n vaig.

–Sí, ja sé. Em quede la teua camisa. Fes-me un bes.

Marc es va repenjar per damunt el desgavell de llit i li va fer un bes llarg.

–Clar, jo m'apanye amb una samarreta. Vaig vindre preparat.

–Espera, et faig una foto.

Fina va traure el mòbil i li va fer una foto mentre Marc es feia enrere encara amb el tors nu.

–Ves espai que els carrega el dimoni –li va dir assenyalant el mòbil.

—Què vols dir?

—Tens el mateix model de mòbil que jo, i ja saps perquè l'he de fer servir jo.

—No, bleda. No digues destrellats.

—Bé, cuida't. *Ciao*, ens veiem a...

—No ho saps, t'ho han de dir. Quan ho sàpigues m'ho has de dir a mi o, si no pots, has de fer la foto. I enviar-la.

—Sí, correcte —va confirmar Marc—. Tot ha anat molt ràpid, no? Ha estat dir-li a Alícia que sí i de seguida teníem muntada la reunió. Sols falta que Vero m'avise per confirmar-me el lloc i ja està.

—T'han buscat. És normal que les coses en el teu cas hagen anat de pressa.

—Bé, ara ja està fet. Ahir, abans de vindre ací vaig cridar a Alícia i li vaig confirmar, com em demanàreu —va recapitular Marc.

—Quin rebolic de panxa ens va agafar a Vero i a mi amb el drama que muntàreu tu i Ivan l'altre dia.

—Mira, jo no em puc contindre en eixe tema. Però sóc disciplinat, una vegada em tens al teu bàndol sóc de confiança. Sols m'has de convèncer una vegada, després «*soy tuyo*», que diria Calamaro. Per això quan em diguéreu que havia de vendre em va faltar el temps per a fer-ho.

—Em va costar un poc de convèncer-te —Fina li va recordar la nit a sa casa.

—Un sopar. Això és poc esforç —Marc la punxava.

—No, perdona: un aperitiu, un sopar i unes postres!

—Pensava que ho feies de gust. Vols dir que vas usar el teu cos per convèncer un executiu voluble?

Marc es va acostar al llit, va pujar i, besant-la, la va fer caure sobre el coixí, amb el llit ple de papers... Després d'un bes llarg Fina li va dir:

—Ho vaig fer de gust, bleda.

—Quina dona, Vero. Em preocupa, saps? —va dir Marc.

—T'ha de preocupar, saps? Et té moltes ganes però sempre està amb prevencions i històries. Es busca excuses ben rares per justificar-se, se la veu patir per dins.

—Patir per dins? Ho dius per la història eixa que somnia?

—Sí, jo crec que ho somnia desperta. És el que ella imagina. El que ella voldria però es busca l'excusa que és mentre dorm. Te n'ha contat molt?

—Sí. Es troben a un bar. Ella porta la cremallera descordada, ell li l'arregla. Ella li dona el número de telèfon i queden per a l'endemà.

—Saps com continua la història? —li diu Fina a Marc.

—No.

–M'ho va contar. Ara veuràs. Et busca i et vol fer patir.

–A mi? –va dir Marc incrèdul–. És un somni, recorda.

–No m'has sentit. S'inventa el somni. Escolta:

L'endemà ell la veu quan entra al bar, des de la seua nova taula de sempre, expectant i fent veure que llegeix el diari. La cama se li mou espasmòdicament com descarregant energia de manera incontrolada.

En el moment que ha fet la seva aparició, ha fixat els ulls en les lletres del diari, que a hores d'ara li semblen formigues ballant damunt el paper. No ha dormit en tota la nit donant voltes pensant en la targeta i el seu atreviment.

Ella, en entrar, trenca el seu habitual trajecte i quan demana el desdejuni es dirigeix cap a la taula. Decideix fer-se la indiferent, i passa de llarg, sense mirar, com si la conversa d'ahir no haguera existit. Des de la taula, notant el seu perfum, la veu allunyar-se. Agafa la tassa de cafè i escura el contingut ja gelat que havia fet durar mentre l'esperava.

Uns minuts més tard, mentre es posa en peus, a punt de marxar, el cambrer li porta un cafè amb llet i dues magdalenes. Li diu que s'equivoca, i en aquell instant, una veu que coneix massa bé diu: «que no m'esperaves?»

–Sí, ho entenc. El busca però vol que s'ho guanye. El fa «treballar» com ha fet amb mi. Bé, no sé. No em convenç. Parlaré amb ella. *Ciao*, ara sí. Me'n vaig.

–Adéu, guapo. Cuida't.

Marc es va acabar de vestir amb una samarreta. Va agafar la jaqueta, la seua maleteta-motxilla plena de papers, la tauleta i el mòbil. El que li havia donat Fina ho portava a la butxaca de la jaqueta.

–Bé, *ciao*. Me n'he d'anar.

Va eixir per la porta. Anava pensant en les seues coses, en Fina, en el comboi que li feia veure-la cada vegada, en la primera vegada que es trobaren quan Verònica el va enganyar, en la venda de l'empresa, en la foto que havia de fer, en tot el que havia de negociar, en tot el que ja estava parlat... I sense adonar-se'n ja eixia per la porta de l'hotel. Davant d'ell hi havia la filera de cotxes aparcats que feien de taxis il·legals, esperant els possibles clients. Es va acostar al primer cotxe. Hi havia el xicot fent-se el despistat, recolzat al davant del cotxe.

–No, no puge a ningú jo –li va dir descreuant els braços i fent gestos amb la mà.

«I per què estàs ahí, borinot?», va pensar Marc. Es va acostar al segon cotxe i va pujar sense problemes. Mentre s'allunyava de l'hotel el cap seguia pensant en l'empresa, en les negociacions, en Verònica i en el seu seguici. Tot de xicots i xicotes joves, experts en anàlisi d'empreses, comptabilitat, balanços... excepte un que mai mirava cap paper. S'incorporaren a l'autovia i el cotxe va començar a prendre velocitat, l'avantatge d'usar aquell hotelet tan ben comunicat amb la civilització i tan amagat al mateix temps.

El xicot li ballava ara al cap, qui seria? De què el coneixia? Seria de la seguretat de Verònica? Si més segura que amb ell no estaria, aleshores què seria? Vigilància. I li sonava la cara... era, era... el xicot que acabava de veure a la porta de l'hotel! El qui no li havia deixat pujar al seu cotxe!

Marc no va dir res, sabia que no podia dir de fer mitja volta, no arribaria a temps, i, a més, no es pot eixir i tornar a entrar des de l'autovia com un vol. Va traure el telèfon. Va marcar el número de Fina.

—...

Silenci sepulcral. Mal rotllo. Què hauria fet Fina del telèfon?

Fina encara estava pensant en el comentari de Marc. Va enviar el missatge amb la fotografia que li acabava de fer a Marc i de seguida es va penedir. Va mirar els fulls escampats pel llit. Va remenar fins que va trobar la factura dels mòbils que li havien passat la setmana passada. Va llegir «3 *smartpho-nes*». Tres, no dos. Va mirar la factura amb dete-niment. «*Send to...*» i dues adreces, la de Marc i la seua. Va buscar el codi d'identificació dels mòbils. Va obrir el seu telèfon i a sota la bateria va llegir el codi del seu telèfon. Coincidia amb un dels codis de la factura.

Ràpidament va baixar del llit i va buscar dins la bossa. Va escampar tot el contingut a terra i va traure el seu altre mòbil, el de sempre. Aparentava estar tranquil·la mentre esperava una resposta a la seua cridada.

–Si?

–Hola, sóc Fina. Tot bé?

–Sí, clar, cap problema. Hem rebut la foto.

–I ara?

–Què vols dir? Ara ja està feta la cosa...

Un silenci va omplir la línia.

–I?

–Gràcies.

–Espera! Espereu, cabrons! Què fareu?

–Bé, ara ja no és cosa teua. Ara quedes... fora de joc –la comunicació es va interrompre.

Fina va quedar agenollada a terra, vestida encara amb la camisa de Marc, conscient que tastaria la seua medecina. Tenia el temps justet per fugir però a la ciutat ja estarien avisats els agents locals i era qüestió de temps que la trobaren. Des de l'hotel, als afores, tan còmode per a l'encontre amb Marc no hi havia fàcils accessos. Pensava que podia fer servir els taxis de la porta. No podia cridar a la companyia. Es va acabar de vestir amb uns pantalons, va deixar la major part del seu equipatge i va replegar tota la documentació. Va eixir ràpidament de l'habitació.

A la porta de l'hotel va agafar el primer taxi que hi havia lliure, un cotxe gran i potent, amb els vidres tintats. En pujar li va demanar al conductor que moguera, molt nerviosa.

–On vol anar?

–Igual té, lluny d'ací.

–Però m'ha de dir on he d'anar.

–Li he dit que no ho sé, lluny! –li va cridar al taxista.

L'home se la va mirar amb condescendència, una mà al volant, l'altra al respatller del seient del costat, per ajudar-lo a mantindre la mirada a la passatgera.

–Fina, hauria estat tot més fàcil si ens hagueres esperat a l'habitació.

Van ser les últimes paraules que Fina va sentir mentre les assegurances de les quatre portes es tancaven i ella es deixava caure, derrotada, al seient.

IX

El Gloriamar de Piles és un lloc perfecte, carregat de bon gust, amb vistes a la mar, cosa que, ara una vegada acabat l'estiu, reforça la sensació de calidesa dins el restaurant. En veure des de dins les ones més salvatges i el cel gris, la sensació de seguretat augmentava.

La sensació de protecció i un cert grau de civilització és necessària en una cita com la de hui. Marc ha estat investigant el rus que compra realment la seua empresa. Finalment Alícia li va donar les dades i ell s'ho va mirar per Internet. Internet és un perill: allà hi és tot. I sembla que aquest xicot no ha fet la mateixa feina que Alícia, que ho ha esborrat tot.

Ivan Sergeyevich Abramov. A nom d'ell hi havia poca cosa, gerent de diverses empreses i d'origen rus. Havia viatjat per les zones econòmicament calentes del planeta: Xipre, Moscou, Londres... allunyat de Wall Street i tot el que fera olor d'Amèrica però a prop dels circuïts europeus dels diners russos. Hi apareixia relacionat un altre nom: Sergei Abramov, president interí de Txetxènia el 2004 imposat per Moscou després de treballs de geolocalització dels enemics via satèl·lit a través del mòbil, atemptats de les forces de seguretat russes, tasca ingrata a Txetxènia en els moments de «pacificació» de la zona, accés a comptes institucionals en bancs d'inversió estrangers controlats pel Banc Central Txetxè, immunitat diplomàtica, possible cobrament de serveis prestats a Moscou... Es feia una lleugera idea de amb qui faria negocis.

Marc es mira la copa que s'ha demanat, el got encara ple, mentre espera la delegació «contrària». Li fa gràcia pensar en termes polítics, al fi i a la cap no són contraris de res. Ni tan sols competidors. Són complementaris. Fa un glop, com per empassar-se la mentida. I pagaran bé, una xicoteta fortuna, senyal que en guanyaran molts més. Bé, ell sempre pot fer altres coses, o no. I el que facen ells amb les «seues» empreses igual li té. A més, si tot va bé prompte es trobaran tots amb un bon escarment: la gent de Fina es farà amb ells.

Bé, què més dóna. Fa un altre glop. Si li paguen bé, ell està cansat de la feina, i les autoritats, a través de Fina li han dit que venga... Doncs, està clar. Ha de vendre. Bé, Fina i Vero. Vero també juga. És una atrevida, estar allà dins el niu de la serp i ser capaç de fer tot el que ha fet.

Marc veu entrar el grup al restaurat. Alícia, Vero i el rus estan parlant amb la xicota de l'entrada, els

assenyala la taula i s'enfilen cap a ell. Marc s'alça, li fa dos besos a Alícia, li dona la mà a Ivan:

–*Priviet* –saluda Marc en rus. Després de l'entrevista amb Alícia d'intèrpret el gest de saludar en rus és suficientment despectiu com perquè fins i tot Ivan se n'adone.

–Hola –contesta Ivan.

Alícia ja ha triat cadira mentre els dos parlen, d'esquenes al mar. Ivan va al seu costat. Marc ofereix la cadira del seu costat a Vero. Pràcticament ni s'han mirat. Marc també s'asseu, enfront d'Alícia, de cara al vidre i al costat de Verònica, que el protegeix de la mar, d'Alícia i del rus.

Els plats se succeeixen i la conversa intranscendent també. Marc ha triat per dinar uns entrants variats i un arròs. En un moment determinat nota un lleuger colp de sabata de tacó d'agulla del 8 per baix la taula, mira a Alícia.

–Anem a fumar? –li diu ella ignorant els altres dos.

–Ai, anem –li contesta submís Marc.

–Ara tornem –diu Alícia a Verònica i Ivan, que miren com s'alcen i se'n van.

–Un moment –diu Verònica mentre agafa el mòbil de Marc que havia deixat damunt la taula–. Us faig una foto, que esteu molt guapos.

Els dos es detenen. Alícia condescendent amb un somriure de pel·lícula, Marc al·lucinat que Verònica haguera recordat que havia de fer la foto que li va demanar Fina.

—Au, aneu —Vero els allibera i deixa el telèfon de Marc damunt la taula de nou, on estava.

—Bé, *priviet* una altra vegada —diu Verònica amb un somriure forçat quan es queda sola amb Ivan.

—*Govorim na russkom*? —Contesta Ivan sorprés— Tu saps rus? O paraules soltes? Com el teu amic?

—No, jo parle rus —li contesta Verònica en un rus més que correcte.

Marc i Alícia avancen cap a la porta del carrer. Eixint del restaurant passen per davant dels lavabos. Alícia hi fa una mirada inapreciable mentre espera que Marc li obriga la porta. Ixen els dos.

Alícia es recolza a la paret i s'encén una cigarreta.

—Tu no fumes, no? —li diu a Marc.

—No. Ja ho saps. He vingut perquè et pugues acomiadar.

—Què vols dir? —Alícia fingeix una sorpresa—. Et comprarem l'empresa. Ara comença ací la feina.

—La feina teua és fer que jo venga l'empresa. La feina que ve ara te la farà Verònica.

—Bé, tens raó en una cosa i no tens raó en l'altra.

—En quina? —pregunta Marc.

–Verònica diu que se'n va. Em deixa. Diu que no li agrada la feina. No sé què haurà trobat però sembla que li agrada més. O a qui...

–A qui?

–Sí, a qui haurà trobat. Tu no saps res?

–No. On te'n vas? A Moscou? Amb Ivan?

–No i sí.

–Sí o no?

–Me'n vaig amb Ivan però no anem a Moscou, no encara –diu Alícia mentre acaba la cigarreta.

–Bé, igual em té on vages –menteix Marc.

–Sí? –Alícia el mira i ell es posa nerviós. Li diu– Què passa? N'has trobat una altra?

–Una altra què? No he trobat a ningú –contesta Marc molest.

–Una altra a qui li escrius històries...

–Sols te les escrivia a tu.

–D'això fa molt de temps– Alícia acaba la cigarreta–. Segur que ara li fas coses a una altra, tu no pots estar quiet.

–No, no sé d'on t'ho has tret això.

–Bé, millor per a ella. Tu no li convens. Ets una bomba de rellotgeria.

–Jo? –va dir Marc molest.

–Sí. La tens molt intranquil·la. T'ha contat això del somni?

–Sí –Marc li va contestar sec. No li agradava que Alícia sabera coses tan personals de Verònica.

–Però t'ha contat com acaba ara?

–No.

–És tot un poema, eixe somni. Ets tu fent-li fer la figuereta i ella destorbant-te, sense voler. T'ho conte?

–Sí, per favor –Marc se sentia vulnerable. Alícia el coneixia molt bé. Sabia tocar-li les tecles adequades en cada moment. Com si ella portara els comandaments del carret eixe de les muntanyes russes:

–Mira, al final del somni ells es troben. Ella és Verònica, ell... no sé qui és –va mentir Alícia–. El somni ara és com si somniara ell, en lloc d'ella –I va contar el final del somni de Verònica:

Ja feia temps del seu primer encontre. No sabia com, la cosa havia anat a més. No era qüestió de culpar ningú, ni d'atribuir-se mèrits, sols que tenia la sensació que tot havia estat natural, molt natural i sense saber com es trobava camí de l'hotel on havien quedat.

Arrere quedaven incomptables correus, cridades, cafès furtius amagats de la gent de la feina que pogueren malpensar, i encertar, i anar amb la història a la seua parella que no veuria bé tot el tema aquest, i amb raó. Ara, no sabia com, era a la recepció de

l'hotel. Va demanar la clau de l'habitació 312 on l'esperava ella. Li l'entregaren sense fer preguntes incòmodes.

Pensava que ho tenia tot previst. Feia una setmana li havia regalat a la seua xicota un perfum nou: Euphoria. El mateix que usava la dona de la cremallera. L'havia animada perquè l'usara a diari. Li agradava molt, li va dir sense mentir-li. Pensava que hui s'acostarien tant l'un a l'altre com perquè en tornar a casa la seua xica li notara el perfum, així que amb una hàbil estratagema havia resolt el problema.

Sense adonar-se'n estava ja a la porta de l'habitació. «No molesteu», posava el cartell. «Esta dona va davant les tronades», va pensar. A veure quina sorpresa més li tenia preparada. Va entrar i la va veure asseguda al llit, llegint, descalça, amb texans i una samarreta de tirants blanca. Va tancar la porta i es va quedar una estona mirant-la, amb les mans al darrera, subjectant el pany, com pensant si anar-se'n o quedar-se.

Ella mirava divertida. Ja sabia que s'arrimaria. Es va allisar la cabellera. Es va passar la mata de cabells a un costat deixant el coll al descobert. Responent a una crida invisible va fer que deixara el pany de la porta i s'hi va acostar. La va besar al coll. De sobte es va fer enrere, amb els ulls oberts com a taronges.

–Quin perfum portes? –li va dir sense gaire delicadesa.

–Dolce&Gabana. És nou. Per a l'ocasió. T'agrada?

Alícia apaga el que li queda de cigarreta al terra del gran test amb una gran planta que hi ha a l'entrada del restaurant. Expulsa el fum cap a dalt, inclinant el cap enrere, mostrant-li, més, l'escot. Apropa la cara a la d'ell. El besa als llavis. Però es retira ràpidament.

–Anem al bany. Vull acomiadar-me com cal.

Enfila cap a dins el restaurant, Marc la segueix. Mentre ella li sosté la porta d'entrada oberta com convidant-lo a anar-li darrere. En lloc d'anar a la taula entren als lavabos.

Una vegada allà dins, Alícia es gira i espenta Marc suaument, silenciosament, contra la porta, per evitar que ningú entre. Sense deixar-li dir res el besa, li toca l'entrecuix, ja està dur. Li ressegueix la boca fins a l'orella, i aleshores se n'adonen del soroll.

Els dos es queden paralitzats. Se senten com gemecs ofegats que vénen d'una de les cabines del recinte. Són rítmics, compassats. No hi ha dubte. Una altra parella se'ls ha avançat.

–Anem. Els em pillat al mig de la feina –xiuxiueja Marc a Alícia.

–No. Quedem-nos. Així és més emocionant –li contesta ella també en veu baixa.

–Ostres, xiqueta, com eres. A mi em talla el rotllo.

Alícia li torna a posar la mà a l'entrecuix. Seguia dur.

—Mentider. A tu no t'ha tallat res.

El solta i se'n puja dalt el banc on hi ha la pila de rentar-se les mans. Hi ha espai suficient per seure còmodament, obri les cames i el rodeja amb elles. Li agafa la cara amb les dues mans i segueix besant-lo.

Ell no es resisteix gens. Prompte la seua mà dreta puja per la cama d'ella, entrant per baix la falda. Al costat el ritme ha augmentat, el gemecs ja no són tan baixos. Se la sent més a ella que a ell. Alícia i Marc paren de besar-se i es miren. Riuen i continuen.

—Prou, anem. Deixem-los —diu Marc.

—No, espera que acaben —li replica Alícia.

El gemec final —no per esperat, és menys sorprenent— ve acompanyat del que suposen que són colps de mà a les parets de fusta del minúscul recinte on hi ha l'altra parella. De sobte es fa el silenci. Aleshores Alícia alça el to de veu.

—Mmmmm, Marc, si tu vols anem ahí dins i et deixe fer...

Marc s'escarota, amb eixe volum es delaten davant l'altra parella. Efectivament se sent un sotrac allà dins. S'han adonat que els havien estat escoltant tota l'estona, probablement no s'atreviran a eixir.

–Marc, tria, la primera o la segona cabina...

Ja la burla es fa evident. En passar els segons necessaris perquè la xicota s'arregle, la porta s'obri i ix primer una dona, mitjana edat. Els cabells estirats en un perfecte recollit que li tensa la cara, morena de platja de luxe, arracades i collar a joc: xicotetes perles blanques. Bateta cenyida. Els mira mentre Marc li deixa lloc per obrir la porta i eixir. Darrere d'ella el seu *partenaire*, un jove ben plantat, d'eixes musculatures treballades al gimnàs en horari que hauria d'estar treballant. Saluda sense dir res, alçant el cap en un gest brusc. Marc els reconeix com la parella de la taula que tenien al costat en el menjador.

Marc comença a renegar a Alícia.

–No ha estat bé això.

–És que ací –va dir senyalant l'entorn– no es ve a follar.

I d'un bot baixa al terra. S'arregla la falda i obri la porta per encaminar-se a la taula on hi havia Ivan i Verònica.

A la taula la conversa continuava en rus.

–Què faràs amb la foto? –va preguntar Ivan.

–Quina foto? La d'ells dos? Jo, res. És el mòbil de Marc. Ell que faça el que vulga.

–T'ho dic perquè si pensaves fer com si anares al lavabo i agafar el mòbil i enviar la foto a algú, no t'ho aconselle.

Verònica es va fer blanqueta. Estava espantada.

–Marc i Alícia acaben d'entrar als labavos, per això ho dic. Bé, estaria més ben dit que Alícia ha arrastrat Marc fins allà.

–No puc dir que m'estranye –Verònica intentava controlar els nervis.

–Tornant a la foto –Ivan es va inclinar sobre la taula, cap a Verònica–. No cal que l'envieu.

–No sé de què em parles.

–Tenim Fina.

–La meua germana? –Verònica no va poder evitar pujar el to de la conversa.

–També sabem que no és la teua germana. Ho sabem tot. Mira, el que hi ha en joc no és poca cosa. No venim fins ací des de Grozni perquè se'n vaja tot a la merda tan fàcilment. Ara et diré el que hauríeu de fer.

–Està bé? Fina, està bé?

–Fina està perfectament. Es podria dir que simplement l'hem canviat d'allotjament. Ara vull que m'escoltes.

–Bé. Parla.

–Entenc que has dut tot el que havies de dur, que amb la teua tauleta i la seua firma electrònica ara Marc signarà el contracte de venda.

–Sí, jo ho porte tot ací –Verònica s'agafava a la bossa com si li anara la vida.

–Mira, t'explique. Tot ha d'anar segons allò previst. Nosaltres comprem, Marc ven. Ens alcem, ens n'anem i ja està.

–I ja està? I Fina?

–Fina està bé, sols que retinguda fins que acabem, perquè si li envieu la foto no la faça servir. Quan acabem ella us cridarà i us dirà on està perquè aneu a per ella.

–Bé, però esteu perduts igualment. Això de la foto és una collonada, Marc o jo hem pogut avisar d'on ens veuríem –Verònica mentia per veure quina era la situació exactament.

–Tu no sabies on anàvem. Alícia t'ha dut sense dir-te on anàvem. I el número del telèfon de Fina que té Marc és d'aquest mòbil.

Ivan va traure un *smartphone* igual que el de Marc i el va deixar damunt la taula.

–Marc ha cridat però no li ha contestat ningú. Ha deixat un missatge de veu –Ivan el va reproduir.

«Hola, ehhhh, sóc Marc. Que hem quedat al restaurant la Bona Mar de Gandia, hui, a dinar. Jo

això de la foto no sé si ho faré. Com li he de fer una foto a Alícia? Què li dic? Que vull un record d'ella? No. Estarem allà, féu el que hagueu de fer. Jo no sé si faré cap foto.»

Verònica mirava el telèfon fixament.

—Tingam un bon final. És la millor opció per a tots —va concloure Ivan.

—I Fina? —Insistí Verònica.

—Agafa el telèfon de Marc, envia-li un missatge a aquest número. Ella et contestarà —Ivan li va mostrar un número a l'agenda del seu mateix telèfon: «Fina 57423233».

Verònica es va quedar mirant tota incrèdula. Era el número del seu somni, i a més...

—Hi falta un número —li va retraure Verònica a Ivan.

—És un 6, va davant. Pensava que això no calia que t'ho diguera.

Verònica va agafar el telèfon de Marc. Hi va marcar el número que li ensenyava Ivan i li va fer un primer missatge. Després d'un «hola» van seguir unes preguntes de comprovació, aquelles coses que es fan a la joventut i no es conten a ningú, i Verònica va deixar el telèfon de nou al costat del tovalló de Marc.

–Bé, m'has convençut. Estic tranquil·la. Confiarem en tu.

–Just a temps. Ja tornen aquests dos. Gràcies.

–Ah, *spasibo*. Això sé que vol dir «gràcies». Gràcies de què, Ivan? –va preguntar Marc mentre s'asseien ell i Alícia–. I què és aquesta escampada de tecnologia?

–Tancarem el tracte. Se m'han passat les ganes de l'arròs –va dir Ivan.

La cassola d'arròs melós fumejava feia estona al costat de la taula, ni l'havien mirada. Al seu costat una botella de Brunello, preparada per a obrir després del Maduresa que tenien obert a taula. El cambrer primer s'havia retirat en veure que faltaven dos comensals. Ara es tornava a acostar i Ivan el va fer retirar amb un gest menyspreatiu de la mà. Marc se'l mirava sorprès per la falta d'educació. Verònica treia la seua tauleta i presentava en pantalla el contracte.

–Ara el signaràs introduint la teua signatura electrònica. Això serà vàlid als efectes del registre mercantil i la teua empresa serà meua. Nostra –va puntualitzar Ivan fent una mirada de complicitat a Alícia que es torcava la comissura de la boca amb un tovalló.

–M'has de fer una transferència... Connectaré el mòbil per veure el saldo del meu compte –va contestar Marc.

–Estic acabant-la –li va dir Ivan mentre es movien ràpidament els dits sobre el teclat del seu mòbil.

Marc va signar en la tauleta de Verònica que tremolava inexplicablement. Un xiulet agut avisava Marc d'un nou missatge. Era del seu banc. Havia rebut una transferència. Va mirar l'import. 10 vegades el seu sou anual. Era allò acordat.

–Molt bé. Ara... –va començar a parlar Verònica i un nou missatge va entrar al telèfon de Marc. Era de Fina.

«Estic a soles. Se n'han anat tots. M'han dit que espere 10 min i puc eixir.»

–I açò? –va preguntar Marc.

–És per a mi –va dir Verònica mentre li prenia el telèfon a Marc.

«No esperes. Ves-te'n ja!», li va escriure Verònica.

Ivan es va alçar, Alícia també.

–*Zdorov'ye* –va saludar Ivan mentre feia un glop a la copa de vi.

–Salut! –va contestar Marc alçant la copa sense beure.

–Adéu, Marc. Adéu, Verònica –Alícia s'acomiadava i se n'anava amb Ivan.

Marc va contemplar el paisatge després de la batalla. El dinar sense tastar, la segona botella de vi sense obrir, els mòbils i la tauleta damunt la taula i Verònica mirant-lo, a punt de plorar.

–Què tens, Vero?

Verònica no va poder resistir més i va esclatar a plorar. Marc la va abraçar. Ella no li deia res. Quan va poder articular una paraula li va dir:

–Hem d'anar a buscar Fina.

ÍNDEX

NOTA D'AGRAÏMENT

El somni recurrent de Vero que transcorre al llarg de la història és un relat curt escrit a mitges amb **Gemma Nogués** i publicat, en ser escrit, a http://atreviments.blogspot.com.es/2013/10/cremallera.html